中国教育学会中学语文教学专业委员会专家审定

青少年经典阅读书系〔名师解读〕
QINGSHAONIAN JINGDIAN YUEDU SHUXI

SHENMIDAO

神秘岛

【一次强烈风暴中的疯狂逃生】

〔法〕儒勒·凡尔纳 ◎ 著
《青少年经典阅读书系》编委会 ◎ 主编

首都师范大学出版社
CAPITAL NORMAL UNIVERSITY PRESS

图书在版编目(CIP)数据

神秘岛/《青少年经典阅读书系》编委会主编.—北京：首都师范大学出版社,2011.11(2023年10月重印)
(青少年经典阅读书系.航海系列)
ISBN 978-7-5656-0542-0

Ⅰ.①神… Ⅱ.①青… Ⅲ.①科学幻想小说-法国-近代 Ⅳ.①I565.44

中国版本图书馆 CIP 数据核字(2011)第 222654 号

神 秘 岛

《青少年经典阅读书系》编委会 主编

策划编辑	李佳健

首都师范大学出版社出版发行

地　　址	北京西三环北路 105 号
邮　　编	100048
电　　话	68418523(总编室)　68982468(发行部)
网　　址	www.cnupn.com.cn
印　　厂	汇昌印刷(天津)有限公司
经　　销	全国新华书店发行
版　　次	2012 年 7 月第 1 版
印　　次	2023 年 10 月第 6 次印刷
书　　号	978-7-5656-0542-0
开　　本	710mm×1000mm　1/16
印　　张	10.5
字　　数	110 千
定　　价	26.00 元

版权所有　违者必究
如有质量问题请与出版社联系退换

总 序
Total order

  被称为经典的作品是人类精神宝库中最灿烂的部分，是经过岁月的磨砺及时间的检验而沉淀下来的宝贵文化遗产，凝结着人类的睿智与哲思。在滔滔的历史长河里，大浪淘沙，能够留存下来的必然是精华中的精华，是闪闪发光的黄金。在浩瀚的书海中如何才能找到我们所渴望的精华——那些闪闪发光的黄金呢？唯一的办法，我想那就是去阅读经典了！

  说起文学经典的教育和影响，我们每个人都会立刻想起我们读过的许许多多优秀的作品——那些童话、诗歌、小说、散文等，会立刻想起我们阅读时的那种美好的精神享受的过程，那种完全沉浸其中、受着作品的感染，与作品中的人物，或者有时就是与作者一起欢笑、一起悲哭、一起激愤、一起评判。读过之后，还要长时间地想着，想着……这个过程其实就是我们接受文学经典的熏陶感染的过程，接受文学教育的过程。每一部优秀的传世经典作品的背后，都站着一位杰出的人，都有一个高尚的灵魂。经常地接受他们的教育，同他们对话，他们对社会与对人生的睿智的思考、对美的不懈的追求，怎么会不点点滴滴地渗透到我们的心灵，渗透到我们的思想和感情里呢！巴金先生说："读书是在别人思想的帮助下，建立自己的思想。""品读经典似饮清露，鉴赏圣书如含甘饴。"这些话说得多么恰当，这些感

总 序
Total order

受多么美好啊！让我们展开双臂、敞开心灵，去和那些高尚的灵魂、不朽的作品去对话，交流吧，一个吸收了优秀的多元文化滋养的人，才能做到营养均衡，才能成为精神上最丰富、最健康的人。这样的人，才能有眼光，才能不怕挫折，才能一往无前，因而才有可能走在队伍的前列。

"首师经典阅读书系"给了我们一把打开智慧之门的钥匙，会让我们结识世界上许许多多优秀的作家作品，会让这个世界的许多秘密在我们面前一览无余地展开，会让我们更好地去感悟时间的纵深和历史的厚重。

来吧！让我们一起品读"经典"！

国家教育部中小学继续教育教材评审专家
中国教育学会中学语文教学专业委员会秘书长

丛书编委会

丛书策划 李佳健
　　　　　　王　安
主　　编 李佳健
副 主 编 张　蕾
编　　委（排名不分先后）
　　　　　　张　蕾　李佳健　安晓东　王　晶　高　欢
　　　　　　徐　可　李广顺　刘　朔　欧阳丽　李秀芹
　　　　　　朱秀梅　王亚翠　赵　蕾　黄秀燕　王　宁
　　　　　　邱大曼　李艳玲　孙光继　李海芸

阅读导航

儒勒·凡尔纳，1828年生于法国西部海港南特。其父是位颇为成功的律师，一心希望儿子能子承父业。但是凡尔纳自幼热爱海洋，向往远航探险。11岁时，他曾志愿上船当见习生，远航印度，结果被家人发现并接回了家，父亲严厉的责罚使得凡尔纳暗下决心："以后只躺在床上，在幻想中旅行。"也许正是这一童年的经历，客观上促使凡尔纳一生驰骋于幻想之中，创作出如此多的著名科幻作品。他的主要成就是一套总名为《在已知和未知世界中的奇妙漫游》的科学幻想和冒险小说。著名的三部曲《格兰特船长的儿女》《海底两万里》和《神秘岛》是其代表作。《八十天环游地球记》是凡尔纳最受欢迎的作品之一。其他重要作品还有《气球上的五星期》《地心游记》《从地球到月球》等。

《神秘岛》主要描写了美国南北战争时期，五名北军俘虏乘坐气球逃离里士满，中途遭遇风暴被抛到太平洋的一个荒岛上的故事。他们团结互助，依靠自己的智慧和过人的毅力，在小岛上顽强地生存下来，过上了起幸福的生活。最后他们登上格兰特船长的儿子罗伯特指挥的"邓肯"号游船，重返祖国的怀抱。小说情节波澜起伏，人物栩栩如生，在惊心动魄的故事中融合着广博的科学知识，同时热情讴歌了人类投身自然、改造自然的意志和坚韧不拔、不畏强暴的品质，洋溢着强烈的追求自由的精神和爱国主义精神。

总之，相信读者对这部著作充满了期待，让我们赶快一起去领略它的风采吧！

目录

第一章　逃生后小岛遇险 / 1

第二章　小岛对岸的陆地 / 10

第三章　第一顿美餐 / 16

第四章　故人重逢 / 21

第五章　史密斯先生得救之谜 / 28

第六章　第一次远征 / 33

第七章　寻找新住处 / 43

第八章　第二次远征 / 54

第九章　发现达报岛 / 65

第十章　第三次远征 / 73

第十一章　达报岛上的神秘野人 / 82

第十二章　和"飞快号"上的海盗作战 / 93

第十三章　"飞快号"沉船之谜 / 103

第十四章　和林肯岛上的海盗作战 / 112

第十五章　神秘人物出现 / 129

第十六章　火山爆发返回故乡 / 143

第一章

逃生后小岛遇险

在可怕的飓风中飞行的神秘气球，等待它的命运将是什么呢？

1865年春天，一场从东北方向刮来的骇人飓风令人久久难忘。

3月18日那天，这场风暴已初见端倪。在持续刮了一星期后，大风像一头被激怒的雄狮不停地吼叫。它从北纬35度方向开始肆虐，然后往南斜穿过赤道，一直横扫到南纬40度。大风所到之处，城市、房舍、街道、树木、田地无一幸免，死伤者更是不计其数。

被这场飓风一路裹挟的有一只氢气球，这只氢气球现在完全是这场飓风的俘虏。它下面挂有一个悬篮，里面载着五名逃难者和一只叫托普的小狗。

3月25日下午，这只可怜的氢气球被吹送到了广袤的太平洋上空。看情形，它来自非常遥远的地方，在空中飘了不少时间，这场大风已经以每小时九十英里的速度带着这只氢气球走了五天。

当悬篮里的遇险者知道下面是一片汪洋大海时，便毫不犹豫地把武器、弹药、粮食，甚至是最有用的东西统统扔掉。他们得尽可能地减轻气球的重量，同时又尽量设法不让气球里的氢气泄漏半点儿。氢

2 神秘岛

气一旦泄漏，他们就会永远沉睡在这无边无际的大海深处。

尽管他们想尽一切办法来防止氢气泄漏，但气球在距海面约 4500 英尺的高空中飘浮几小时后，还是逐渐瘪了下去，降到了离海面约 500 英尺的地方。此时他们已经毫无办法，唯一能做的便是祈求上帝来拯救他们。

突然，小狗托普"汪！汪汪！"地叫了几声。

"快看！托普发现了什么？"一个人大声地喊道。

"陆地！是陆地！"另外一个人用颤抖的声音回答。

不幸的是这时刮来了一阵空气涡流，这阵涡流并没有将气球带向海岸，而是卷裹着气球沿着与海岸平行的方向前行。大家的心都提到了嗓子眼儿，唯一获救的希望眼看要破灭了。两分钟后，气球终于脱离了这阵涡流，落在了离海岸约二十英尺的沙滩上。

人们彼此搀扶着从悬篮里走出来，气球因重量骤减，随着一阵风飞去，很快便消失在空中。

几个人缓过神来后，才发现托普和它的主人都不见了。显然，他们是在气球遭遇涡流时，因接近海面而被跃起的海浪卷走了。四位遇险者大声地呼喊着失踪者的名字，而且他们坚信他一定是在奋力地游向海岸。

故事到这里，我们就有必要交代一下这五位逃难者的身份和名字了。他们既不是专业的气球驾驶员，也不是业余的空中探险旅行爱好者，我相信他们的身份足以让读者们大吃一惊：他们是一群战俘。

这件事得从美国南北战争说起，当时里士满是南方联邦的要塞弗吉尼亚的首府。尤里斯·格兰特是北方联盟的一位将军，1865 年年初，他率领部队包围了里士满，并打算出其不意地攻占里士满，但是没有成功。更为遗憾的是，格兰特将军手下的几位军官落在了敌军手里，被囚禁在城内。其中最突出的一位是联邦参谋部的赛勒斯·史密斯，他是马萨诸塞州人。在战争期间，政府曾委派他负责当时在战略上极其重要的铁路的管理工作。他是一位地道的北方人，四十五岁左右，头发和胡子都已灰白，但两眼炯炯有神，表情总是很严肃，他显然是一个激进派的学者。他心灵手巧，肌肉显得非常强壮，是一个活动家，同时又是一个思想家。他热情乐观，任何一件事都难不倒他。他见多识广，善于随机应变，在任何紧要关头，都能保持清醒的头脑，有着无限的信心和坚强的毅力。这三个条件使他永远是自己的主人。他常常引用16世纪奥兰治的威廉的话作为自己的座右铭："即使已经没有成功的希望，我也能够承担任务，坚忍不拔。"赛勒斯·史密斯就是勇敢的化身。他参加过南北战争的各次战役。自从他在伊利诺伊州自愿投效尤利斯·格兰特麾下以来，曾在巴丢卡、柏尔梦特、匹兹堡埠头等地作战，在围攻科林斯、吉布森港、黑河、差坦诺加、魏尔德涅斯、颇陀马克等地的战役中，始终是勇猛善战的，史密斯有好几百次几乎成为阵亡将士。但是，在这些战斗中，直到在里士满战场上受伤被俘以前，他一直很幸运地平安无事。

　　史密斯被俘的同时，还有一位重要人物也落到南军手里，就是《纽约先驱报》的通讯记者吉丁·史佩莱，他是奉命跟随北军负责战地报道的。吉丁·史佩莱在英、美新闻采访员当中，也是一位有名的人物，是第一流的记者。他是一位精明强干、体力充沛、办事敏捷、善于开动脑筋的人，环游过世界各地。他是一个战士，也是一个艺术家。他在谈话时很热情，行动时很坚决，既不怕累，也不害怕危险。他是一位浑身是胆的战地记者，惯于在枪林弹雨中写稿，危险对于他来说，就是最好的报道资料。他参加过各次战役，每次都在最前线，一手拿着左轮枪，一手拿着笔记簿。葡萄弹从来也没有使他的铅笔颤抖。他绝不像有些人那样没话找话说，而总是不厌其烦地发着电报；他的每一篇报道都很简短有力、明确而能够说明要点。此外，他还很幽默。黑河的战事结束以后，决心不惜任何代价独占电报局窗洞的就是他。他在向他的报刊报道了战役的结果以后，接着就拍发《圣经》的前几章，一共拍了两个钟头之久，虽然花费了两千美元，但《纽约先驱报》却首先登载了这个消息。吉丁·史佩莱身材高大，四十来岁，淡红色的胡须围绕着他的面庞。他体格健壮，能够适应各种气候，好像一根在冷水中淬硬了的钢筋。

吉丁·史佩莱担任《纽约先驱报》的通讯记者已经有十年了。他不但文笔美妙，并且精于绘画，他的通讯和插图大大充实了报刊的内容，他被俘的时候，还正在描写战役和画素描，他的笔记簿中的最后一句是："一个南军正拿枪对着我，但是……"然而那个南军的兵士并没有打中吉丁·史佩莱，他一向是幸运的，在这次事件中也没有受一点儿伤。

赛勒斯·史密斯和吉丁·史佩莱过去只是互闻其名而没有见过面，他们一起被押送到里士满。工程师的创伤很快就痊愈了，在养伤期间他认识了这位通讯记者，他们一见如故。这两个美国人一开始就想找机会逃跑，不久以后，他们产生了一个共同的想法——逃回格兰特的军中，为了联邦的统一而继续战斗。虽然他们能够自由地在市镇里溜达，但是里士满戒备严密，逃脱似乎是不可能的。在这期间，史密斯遇到了一个昔日的仆人，他是一个愿意为史密斯竭尽忠诚的人。他是一个黑人勇士，是在工程师家里出生的，他的父母都是奴隶。但是，史密斯在信仰上和道义上都反对奴隶制，因此早就让他自由了。这个曾经当过奴隶的人，虽然得到了自由，还是不愿意离开他的主人，他情愿为他的主人去死。他大约有三十岁，强壮、活泼、聪明、伶俐、和顺，有时还有点天真，平时总是一脸高兴，勤恳而诚实。他的名字叫作纳布加尼察，但他已经习惯让人们简称他为纳布了。

纳布听到主人被俘的消息，就毫不犹豫地离开了马萨诸塞州来到里士满，凭着他的机智，冒着生命危险，尝试了二十多次终于潜入了被围的城市。史密斯瞧见纳布时的喜悦和纳布找到主人时的高兴，那是难以形容的。纳布虽然能够进入里士满，但要想再溜出去就不那么容易了，因为北军战俘被看守得非常严。要想顺利地逃跑，除非遇到特别的机会！这种机会不但不会送上门来，而且是很难得的。

在这期间，格兰特将军还在继续作战。他以沉重的代价赢得了匹兹堡战役的胜利。然而在里士满战线上，他和巴特莱部队联合进攻还不能取得胜利，因此战俘们想要早日获得释放是没有什么希望的。在这枯燥无味的囚禁生活中，没有一点儿值得记述的事情，通讯记者再也不能忍耐了。他那一向灵活的头脑只想着一件事——怎样能够不惜任何代价逃出里士满。他尝试了几次，但都被不能克服的障碍阻挡住了。如果说战俘急切要逃回格兰特的军中，那么，被围的人也迫切希望和南军取得联系，其中约拿旦·福斯特就是南军中的一个热切希望如此的人。

被俘的北军将士固然不能出城，而南军也同样不能离开，因为他们都被北军包围了。里士满的总督很久没能和李将军取得联系了，他很想把当地的情况告诉李将军，以便迅速得到援兵。于是约拿旦·福斯特就建议利用氢气球越过包围圈，直达南军的兵营。总督批准了这个计划，造了一只氢气球供福斯特使用，另外还派了五个人做他的助手。他们携带了降落时自卫用的武器，并准备了干粮，以备航程延期时食用。气球预计在 3 月 18 日起航。起飞必须在夜间进行，还要有和缓的西北风，据飞行员的估计，他们在几个钟头之内就可以到达李将军的军营了。但是，刮的却不是什么和缓的西北风，从 18 日起它分明已经变成飓风了。风暴很快就猛烈起来，福斯特只好延期动身，因为大家是不能在这种恶劣的天气里冒险的。他们将氢气球灌足了气，放在里士满的一个广场上，只等风势稍弱，就要起航。困守在城里的人盼望着暴风缓和的心情是不难想象的。

3 月 18 日、19 日两天过去了，天气并没有什么转变。拴在地上的气球被狂风猛烈地吹着，冲过来撞过去，甚至要保护这个气球都很困难。19 日的夜晚过去了。第二天早上暴风加倍猛烈，气球更不可能起飞了。

那天，工程师赛勒斯·史密斯在里士满的一条大街上，被一个素不相识的人喊住了。这是一个水手，叫潘克洛夫，年纪三十五岁到四十岁，体格强壮，皮肤晒得黝黑，眼睛炯炯有神，很英俊。潘克洛夫是北方人，他航遍了各大洋，参加过几乎不可能的探险，所以他遇到过的危险是人们无法想象的。可想而知，他是一个勇敢的家伙，敢作敢为，什么也吓不倒他。年初的时候，潘克洛夫有事到里士满来，他带着一个新泽西的男孩子，这是一个船长留下的孤儿，才十五岁，潘克洛夫像对待亲生儿子似的爱护他。在围城以前，他没能离开这座城市，等到发觉被围在城里的时候，他感到十分懊丧。但是他从来不肯向困难低头，因此他决定要想法子逃出去。他听说过这位工程师军官的大名，他了解这位坚强的男子汉在囚禁中的苦闷，于是直截了当地向工程师招呼道:"史密斯先生,你在里士满待够了吗?"

工程师呆呆地看着对他说话的人,对方又低声补充了一句:"先生,你打算逃跑吗?""什么时候?"工程师连忙问道,这句话显然是脱口而出的,因为他还没有看清楚这个跟他说话的陌生人是谁。但是当他用敏锐的眼光打量了一下水手爽朗的面孔之后,他就确信对方是一个诚实的人。

"你是谁?"他简短地问道。

潘克洛夫做了自我介绍。

"好吧,"史密斯回答说,"你打算用什么法子逃出去呢?"

"用那只气球,它在那里也没什么用处,我看它正是为我们预备的……"

水手的话没有说完,工程师就明白他的意思了。他抓住潘克洛夫的胳膊,把他拉到自己住的地方去。在那里,这位水手说出了他的计划。计划倒是十分简单,除了生命危险以外,什么危险也没有。当然,飓风的威力正大,但是,像赛勒斯·史密斯这样精明强干的工程师是完全懂得怎样操纵气球的。假如潘克洛夫对飞行技术正好像对航海一样熟悉,那么他一定早就毫不犹豫地带着他的小朋友赫伯特出发了。

史密斯听了水手的话,显得很激动。盼望已久的机会终于来了,他绝不是错失良机的人。这个计划是可以实行的,但必须承认,这是非常危险的。夜间虽然有岗哨,但是他们还可能走近气球,潜入吊篮,然后割断系住吊篮的绳索。当然,他们有可能被打死,但另一方面,他们也有成功的希望。要是没有这场风暴多好啊!不过话说回来,要是没有这场风暴,气球早已起航了,这个千载难逢的机会也就不会出现了。

"我不只是一个人!"史密斯最后说。

"你要带几个人?"水手问道。

"两个人。我的朋友史佩莱,还有我的仆人纳布。"

"那就是三个人,"潘克洛夫说,"连赫伯特和我一共是五个人。气球能载六个……"

"那就行了,我们一定要走。"史密斯坚决地说。

"那么,今天晚上,"潘克洛夫说,"大家都到那里集合。"

"今天晚上十点钟,"史密斯回答说,"但愿上天保佑,在我们离开以前,风势不要减弱。"

潘克洛夫辞别了工程师,回他的寓所去了。年轻的赫伯特·布朗还独自留在那里。这个勇敢的少年知道水手的计划,焦急地盼望着向工程师提议的结果。这五个意志坚决的人就这样打算在暴风中碰碰运气了!

这一天是不好过的。工程师只担心一件事,担心那系在地面上的气球在大风猛烈的撞击下可能被撕成碎片。他在空旷无人的广场上踱了几个钟头,看着这个飞行工具。潘克洛夫也采取了同样的行动,他双手插在衣袋里,好像设法消磨时间似的,不时打着哈欠,但是实际上也像他的朋友那样,十分担心气球会损坏,风会刮断它的绳索,把它刮到天空中去。天晚了,夜色非常昏暗。大雾像乌云一般弥漫在地面上。天空同时下着雨和雪,天气非常寒冷,浓雾笼罩着里士满。强烈的风暴似乎在攻和守的双方之间造成了休战状态,大炮的声音在怒吼的狂风中一点儿也听不到了。城市的街道上不见人影,在这么恶劣的天气里,官方似乎没有想到会丢失气球,因此觉得没有必要在广场上设岗。这一切都是俘虏们脱逃的有利条件，但是，他们在狂风暴雨中所做的冒险尝试最后会怎么样呢？

"天气真坏！"潘克洛夫喊道，他一拳压住了头上那顶要被风刮走的帽子。"但是，我们还是会成功的！"

九点半钟，史密斯和他的伙伴们从不同的方向来到广场，大风吹灭了汽灯，广场上一片漆黑。连那几乎被吹倒在地上的大气球也看不见了。网索是系在沙囊上的，而吊篮却是单独用一根结实的钢缆穿在便道的一个铁环里。五个俘虏在吊篮旁边会合了。他们没有被人发现，由于天色昏黑，甚至他们彼此都互相看不见。

史密斯、史佩莱、纳布和赫伯特一言不发地在吊篮里各自坐了下来，潘克洛夫按照工程师的指示把沙囊一一解开。只花了几分钟的工夫，水手就回到他的伙伴们身边来了。系着气球的只剩下一根钢缆，只要工程师一声号令就可以起飞了。就在这时候，突然有一只狗跳到了吊篮里来。原来是工程师的爱犬托普。这忠实的畜生挣断链索，赶上了它的主人。工程师怕这分外增加的重量会影响他们的上升，想打发它走。"可怜的畜生！就多它一个吧！"潘克洛夫一面说，一面把两袋沙土扔了出去，减轻了吊篮的重量，然后解开钢缆，气球斜着往上升去，由于起势猛烈，吊篮在两个烟囱上碰了一下，然后才消失得无影无踪。

第二章

小岛对岸的陆地

生还者又累、又冷、又饿,当务之急是尽快找一处安身之所,他们到底会在哪里安家呢?

"往前走!"记者史佩莱喊道。

顾不得劳累和饥饿,他们便开始寻找被海浪卷走的工程师史密斯和托普。史密斯是在海岸北面失踪的,距他们着陆的地方大约有半英里远。当时已是傍晚六点钟,暮色加上浓雾,四周昏暗而又凝重。他们在寸草不生的沙地上深一脚浅一脚地往北走去,以寻找他们失踪的伙伴。

"史密斯先生!"他们一边走,一边高声喊叫。但除了澎湃的海水声和波涛的轰鸣声,没有任何的回应。他们走到海角的尽头,又沿着遍地沙石、崎岖的道路走另一边,他们一路高喊,依然没有任何回声。这只是一个全长不到两英里的小岛,宽度就更窄了。他们有些绝望了,心中升起一种不祥的预感,不仅为工程师史密斯,更为他们自己。

3月25日清晨,太阳从海面上升起,似乎经过海水的冲刷和暴风的洗礼,显得格外明亮。浓密的大雾在阳光的驱散下逐渐消尽,他们才发现在小岛的对岸有一片广阔的陆地,中间横着一条水流湍急的约半英里宽的海峡。

突然,"扑通"一声,一个人猛然扎进了水流中,原来是急于寻找主人的纳布。同伴们怀着惴惴不安的心情注视着纳布,半个小时后,纳布游到了对岸,在一处峭壁下落脚,他使劲儿抖了抖身上的水滴,然后拔腿就跑,很快便消失在了一个岩石结构的沙嘴后面。

余下的人开始将目光洒向那片他们即将要寻求庇护的陆地。海岸的陆地形成一个宽阔的小港湾,一直往南延伸,直抵一个尖尖的沙嘴,上面显得十分荒凉,不见半儿点草木。海岸迂回曲折,从西南弯向东北。陆地近处是一片海滩,海滩由沙砾组成,上面布满了大大小小、形状各异的黑石头;稍远处一道垂直的花岗石峭壁突兀而起,好像是一座人工凿成的断崖;在那座断崖的后面,是一片葱郁的树林。这片土地是一个孤岛还是和大陆相连,还很难说。

三个钟头后,退潮了。海峡的大部分都露了出来,是一片凹凸不平的沙滩,布满了大大小小、形状各异的灰黑色的石块。这时,小岛和对岸的陆地之间只有一条很窄的水道,似乎不是太深的样子,完全可以徒步渡过去。

吉丁·史佩莱和他的伙伴们脱去衣服,捆起来顶在头上,小心翼翼地迈进狭窄的水道,几分钟后,三个人都顺利抵达了对岸。

到岸边后,他们便进行了分工:记者吉丁·史佩莱去找纳布,潘克洛夫和赫伯特在原地观察一下周围的环境。

史佩莱顺着几小时前纳布所爬过的方向攀上悬崖,他急于知道朋友的下落,加快了步子,急匆匆地绕过峭壁的拐角就不见了;水手潘克洛夫和赫伯特商量着先找点吃的,再找个能够安身的山洞。

右边的悬崖高达三百英尺,是一片坚实而陡峭的花岗岩,因为波涛难得冲到它下面，加上没受到海水侵蚀，所以连一点儿容身的裂缝都没有。

无数的海鸥在悬崖顶上叽叽喳喳地盘旋着，它们长着又扁又长的尖嘴，叫个不休。海鸥的肉是难以下咽的，甚至连它们的蛋也是腥臭难闻的。

他们又向左走了几步，发现了一堆上面覆盖着海藻的乱石。在这些岩石和又湿又滑的海藻之间，到处是蛤蜊。饿着肚子的人见了，不会轻易放过。赫伯特喊了一声潘克洛夫，水手连忙跑过来。

"啊，太好啦！这些都是贻贝吗？"水手喊道，"可以不用考虑那些又腥又臭的鸟蛋了！"

"不是贻贝，"赫伯特一面回答，一面仔细观察岩石上的那些软体动物，"是石蛏。"

潘克洛夫是绝对相信赫伯特的话的，这个少年不但热爱生物学，而且还很精通。

"它们一定很好吃吧？"潘克洛夫目不转睛地盯着这些紧粘在岩石上的东西问道。

"美味极了！"赫伯特轻快地答道。

"那我们就开始吃吧！"潘克洛夫的胃已经承受不住这些两端浑圆的东西的诱惑了。

他们一阵狼吞虎咽，味道很辣，不加任何佐料也非常可口。他们吃过这些石蛏后感觉嗓子里像着了火一样。他们又捡了一些石蛏，装满了浑身的衣兜。接下来，他们迫在眉睫的任务就是寻找淡水资源。

潘克洛夫想了想，喊道："赫伯特，请跟我来吧。"

原来潘克洛夫在登岸时就注意到几百步外的地方有一个狭窄的山

口,他认为那可能是一条河或小溪的出口,那地方应该是有淡水的。

走了大约两百步,便到了山口,这里的石壁好像是由一把巨大的斧头劈开的,石壁底下有一股清澈的溪流缓缓流淌着,水流宽达一百英尺,两岸不到二十英尺高。河水在花岗石的夹壁间流得非常急。石壁俯临河口,然后,河身突然拐了个弯儿,消失在半英里以外的矮树林中了。

潘克洛夫迫不及待地蹲下尝了尝那股水流——清凉而甘甜,他们决定将这条溪流命名为"感恩之河"。"啊,棒极了,看来老天真是保佑我们啊!这里有水,那里有我们需要的柴火!"潘克洛夫说,"只是我们还少一个住的地方。"

到处都是平滑陡峭的石壁,哪里有栖身之处!但坚强的他们是不会轻易向困难低头的,这些在他们所经历的困难中是微不足道的。在乐观者心中,他们永远都是困难的征服者!

他们经过一番寻找后,在河口稍高的地方,看到了一大堆岩石,这些高大的岩石堆挤在一起,形成了一个天然的"石窟"。潘克洛夫和赫伯特钻进岩石堆,沿着沙路一直往里走,里面有些岩石非常平坦,好像这个地方早已知道他们要到来,特意给他们安排好了一切似的。阳光可以从石缝照进来,所以这里的光线并不是很暗;不但阳光,风也钻了进来;随着风,外面的寒气也透进来了。如果用沙石或树枝把一部分石缝堵住,"石窟"是可以居住的。

"孩子,我们有活儿干啦!"潘克洛夫愉快地说,"要是我们伟大的工程师史密斯先生在这里的话,他一定会好好设计这个'石窟'的。"

"我们准会找到他的,潘克洛夫,"赫伯特大声说,"等他回来时,一定要让他在这里瞧见一所像样的住宅。如果我们在左边通道里生火，再留个洞口出烟，那就行了。"

"那好办，孩子，"水手答道，"'石窟'够我们用的了。我们动手吧，可是首先要去弄些木柴来。我觉得可以用树枝来堵塞这些石缝，要不然风吹进来就像鬼叫似的。"

赫伯特和潘克洛夫离开"石窟"，转过拐角，爬上河的左岸。这里水势非常湍急，一棵枯树顺流被冲下来。这启发了聪明的水手：可以利用潮水的涨落来运送较重的东西。

约一刻钟后，潘克洛夫和赫伯特来到河流向左弯曲的拐角处。在这里，河水流过一片美丽的森林。虽然已是秋天，这些树木还保持着郁郁葱葱的颜色。当他们在深草丛中走过时，枯枝在他们脚下发出鞭炮一样的响声。

"孩子，"潘克洛夫对赫伯特说，"虽然我不知道这些树的名字，至少我们可以把它叫作'柴树'，眼前我们最需要的就是它。"潘克洛夫甚至觉得这里的木柴足够他们连续烧上一百年的。

"我们多弄点回去吧。"赫伯特一面回答，一面就动手收集起来。

收集木柴毫不费力，满地都是枯枝，他们甚至不必到树上去折。他们决定利用河水退潮时将这些枯枝运回"石窟"。他们在河畔草丛里又找到大量枯枝和几根粗粗的木头，用藤子把它们绑在一起，造了一只木筏。他们把捡来的木柴都堆在上面，这些木柴二十个人也搬不完。一个钟头后，工作就完成了，木筏系在岸边，只等退潮了。

离退潮还有几个钟头，潘克洛夫和赫伯特商量，决定爬上高地去，看一看周围更远的景物。这片土地看起来很肥沃，风景也很好。虽然他们很难想象出他们未来的命运如何，也不知要在这个岛上待多长时间，有可能是一辈子，但他们却一点儿也不担心，因为他们相信他们完全可以在这个地方快乐而幸福地生活下去。

后来他们沿着花岗石台地的南边山脊往回走，台地的边缘是一道奇形怪状、参差不齐的石块，石穴里栖息着成千成百的飞鸟。

"是野鸽子，或者是山鸽子，它们的翅膀上有两道黑纹，尾巴是白的，羽毛是青灰色的。它们的肉是很好吃的，它们的蛋想必更加好吃了！"少年赫伯特说道。

潘克洛夫和赫伯特在花岗石的空隙里仔细搜了一遍，在一些洞穴里找到一些鸟蛋。他们捡了好几打，包在手帕里。

快要退潮时，潘克洛夫和赫伯特就从山上下来。到达河边的时候已是午后一点钟，已经开始退潮了，潘克洛夫把干爬藤拧成一条绳子，把它系在木筏后部，用手控制着另一端；赫伯特用一根长竿把木筏撑开，使它漂浮在水流上。

他们来到河口，离他们的住处"石窟"只有几步远了。

第三章 第一顿美餐

史佩莱从坎肩的里层找到了唯一的一根火柴，有了这宝贵的火种，他们在这荒岛上吃到了第一顿美餐。

潘克洛夫回到"石窟"——其实他更愿意称作"天赐的别墅"，第一件事就是用沙土、石头、弯枝和烂泥，封住了迎着南风的洞口。旁边留了一道弯曲的细缝，既能通烟，又能拔火。<u>然后又在地面上撒上一层细沙，踩上去软软的，舒服极了，就像铺了一层厚厚的羊毛地毯似的。</u>

> 比喻。说明令人欣慰的新环境。

"我觉得我们再也找不到比这里更好的地方了。"潘克洛夫说道。

"也许我们的伙伴已经找到比这儿更好的地方了。"赫伯特一面帮着潘克洛夫工作，一面说。

> 大家始终没有忘记他们的朋友。

"很可能，"水手说，"但是既然我们不知道，就必须照常进行工作。备而不用总比要用没有强！"

最初就连野兽对这样的居住环境也会毫无留恋，但经他们一番精心布置后，石窟令人非常满意。虽然里面光线比较黑暗，但很干燥，中央的主要"房间"还可以站直身子。

接下来，他们要造炉子生火做饭了。他们在细缝口下铺了几块平板石，只要烟不把热气带出去，就可以使里面保持适当的温度。他们的木柴储存在另一个"房间"里，水手在生火的地方摆了一些木柴和树枝。

水手正忙得起劲儿，赫伯特以一种满怀盼望的口气问道："潘克洛夫，你有没有火柴？"

"当然有啦，"潘克洛夫说，"作为一个烟鬼，怎么能让火柴离身呢？"

他伸向那个平时放火柴盒的坎肩的口袋，没有摸到，他不禁吃了一惊。摸遍了裤子口袋，也没有火柴盒。

"糟糕！"他看着赫伯特说，然后接着往外跑去，"火柴盒一定是丢了！"

赫伯特跟着潘克洛夫往外跑，他们在沙滩上、石缝里和河岸上仔细找。火柴盒是铜的，本来很容易看见，但是到处都找遍了，还是找不到。

他们又急忙走到昨天着陆的地方，在砾石堆和岩缝里乱找，但是什么也没有找到。

火肯定是弄不到了，潘克洛夫和赫伯特又捡了些石蛏，然后默默地回"石窟"去了。潘克洛夫两眼紧盯着地面，还在继续寻找他的火柴盒。他甚至爬上河的左岸，从河口一直找到停靠木筏的河湾。他又回到高地上四下搜索，森林边缘的深草丛中也找遍了，但还是没

> 回答中包含了两个信息：一是说明他是唯一的"烟民"，二是说明赫伯特向他要火柴的原因，因为只有他才可能有。

> 这个生活中的一个大问题最终会如何解决呢？

有。回到"石窟"里,他们把洞里最黑暗的角落都摸索遍了,才死了心不再去找。

大约六点钟,太阳落山时,在海滩上漫步的赫伯特看到纳布和史佩莱回来了。

史佩莱一言不发,往石头上一坐。他已经筋疲力尽,肚子饿得连说话的力气也没有了。纳布哭得两眼通红,他的眼泪还在不住地往下掉,显然没有找到史密斯先生。

> 难道他们真的失去了那位共患难的朋友?

他们曾沿着海岸一直找到八英里以外,海岸上冷清清地没有一个人,没有任何痕迹。鹅卵石完全没有动过,沙滩上没有印迹,那一带的海滨连一个脚印也没有。显然,从来没有人到那段海岸上去过。

赫伯特把史佩莱和纳布带回了"石窟"。潘克洛夫故意以一种轻松而自然的口气问史佩莱:"史佩莱先生,您身上是否有一盒火柴?"

史佩莱摸摸他的口袋,但是没有找到,他说:"原先是有的,大概被我扔掉了。"潘克洛夫又问了问纳布,他也没有。

四个遇险的人一动也不动地站在那里,互相不安地观望着。赫伯特首先打破了沉默:"史佩莱先生,大概您没仔细找,再找找看,能有一根就行了!"

史佩莱又在裤子、大衣和坎肩的口袋里搜寻了一遍,没想到竟在坎肩的里层摸到一根小木棒。<u>潘克洛夫不禁大喜过望,他隔着衬里捏着它,但是拿不出来。假如这真是火柴,那么这就是唯一的一根,必须非常小</u>

> 谨慎和小心的动作说明了这根火柴的重要性。

心,千万不能碰掉火柴头。

果然是一根火柴,而且完好无损、非常干燥。这根火柴本身虽然不值一文钱,但是对这些可怜的人来说,却是非常宝贵的。

史佩莱从笔记本上撕下一页纸来,潘克洛夫把纸接过来,跪在柴堆前面,架起木柴,下面垫了一些枯草、树叶和干燥的地苔,这样使空气流通,就容易把干柴点着了。

潘克洛夫把纸卷成一个圆锥形筒,把纸筒插到苔藓里,然后捡了一小块粗糙的石头,仔细地擦了擦,他屏住气,心头乱跳,轻轻地在石头上划火柴,划了一下没有划着。原来潘克洛夫怕碰掉火柴头,不敢使劲儿。

> 查阅一下资料,了解一下火柴为什么能在石头上划着?

他站起来,要赫伯特代替他。的确,这孩子有生以来从没有这么紧张过。然而,他并没有犹豫,拿起火柴来就划。

火柴"哧"的一声响,接着就燃起一小团蓝色的火苗,冒出一股呛人的烟来。赫伯特不慌不忙地使火柴向下倾斜,这样它就烧得更旺了。然后他把火柴放在纸筒里,几秒钟后,纸筒和苔藓都点着了。

水手用嘴使劲儿吹气,一分钟后,干柴发出噼噼啪啪的声音,一堆熊熊的烈火在黑暗中舞了起来。

> "希望之火"终于燃起来了。

"老天保佑!"潘克洛夫站起身来使劲儿擦了擦额头上的汗珠,喊道,"我从来没有这样紧张过!"

不一会儿,这座"天赐的别墅"就温暖舒适了。

现在他们必须十分小心不让篝火熄灭，永远要留一些红火炭。他们有大量的木柴，而且随时可以补充新的燃料，因此只要随时注意就行了。

潘克洛夫想利用炉火做一顿比生石蛏富于营养的晚餐，<u>他知道五十种做蛋的方法</u>，但是这一回却不能由他任意选择了，他只能把蛋焖在火灰里。五六分钟后饭就做成了，这是他们在这无名的海岸上吃到的第一顿美味。

> 他真的会五十种做法吗？这样的说法有什么用意？

3 月 25 日就这样过去了。

夜色已经来临。洞外狂风怒号，发出单调的声音。波涛来回冲刷沙石，发出震耳欲聋的巨响。但是伤心绝望的纳布，不管伙伴们怎么劝他休息，他还是整夜在海滨徘徊，呼唤他的主人。

> 恶劣的环境气氛描写衬托了纳布的无比绝望和悲痛的心情。

第四章 故人重逢

大家终于找到了纳布，他正在一个山洞里，他面对着一个躺在草铺上的人跪着，那人是谁呢？

3月26日清晨醒来，他们吃的还是鸽蛋和石蛏，赫伯特还在石头的凹处找到一些海水蒸发后留下来的盐。

他们决定在"石窟"里暂住几天，必须准备一些干粮，找些比鸽蛋和软体动物更好的食物，在进行新的繁重工作以前，首先必须恢复体力。

做好准备，然后再去探险。他们必须要搞清楚这一带海岸属于哪个大陆，有没有人，他们所在的地方是不是一个荒岛。

"石窟"暂时还完全足够用来安身：篝火生起来了，保留一些炭火也很容易；石缝里有的是鸽蛋，海滩上有大量的石蛏；高地上有成千成百的野鸽子在盘旋，用棍子或石头很容易打下几只来；邻近的森林里也可能有可以食用的果子；最有利的条件是——附近有淡水。

吃过饭后，纳布就沿着海岸向北去寻找他的主人，他相信史密斯先生一定还活着，即使死了，他也要找到史密斯先生的骸骨，亲自埋葬了他。史佩莱留在洞里负责照顾篝火，潘克洛夫和赫伯特一起到森林里去打猎。

"赫伯特，我们去打猎的时候，要在路上找些猎具，在森林里弄些武器。"水手说。

他们到小岛时，除了随身衣服，还有因史佩莱疏忽而保留下的一个笔记本和一只表，别的什么也没有了。没有武器，没有工具，甚至连一把小刀都没有。为了减轻气球的重量，他们把所有的东西都毫无保留地扔了出去。他们必须赤手空拳地为自己创造一切！

天气阴沉沉的，刮着东南风。赫伯特和潘克洛夫绕过"石窟"的拐弯处，不时看看那缕从石尖顶处袅袅上升的轻烟。进了树林，潘克洛夫首先从一棵树上扳下两大根粗树枝来，做成棍子，赫伯特又在石头上把棍子的两头磨尖。要是能有一把刀子，他们一定会不惜任何代价去换取的！

这两个猎人沿着河岸在深草里向前走。河身拐了一个弯儿向西南流去，再往上河床渐渐狭窄了，两岸很高，上面的树枝搭在一起形成一座拱门。河的左岸平坦而多沼泽，渐渐向内陆平缓地高升上去。河的对岸更加崎岖不平，河水流过的一条峡谷地带显得分外突出。一座小山，上面长着层层叠叠的树木，像一层帘子似的挡住了视线。在河的右岸行走一定很困难，因为这里地势很陡，弯向水面的树木全靠它们的根部牵扯着。

潘克洛夫发现了一些兽类的脚印，但没有人类的脚印。这倒是值得他们庆幸的，要知道在太平洋的任何一个岛屿上，有人反比没人更可怕。

在森林的一片沼泽地带，赫伯特看见一种类似鱼狗的鸟，长着又长又尖的嘴，它们虽然羽毛发出金属般的光泽，但并不美丽。

"那一定是啄木鸟。"赫伯特一面说，一面打算走近些。

"这一回可有机会尝尝啄木鸟的肉啦，"水手说，"看它是不是愿意让我们烤一烤！"

正在说着话，赫伯特巧妙地抛出一块石头，打中了啄木鸟的翅膀，但是并没有把它打倒，一转眼它就逃得无影无踪了。

这时飞来一群美丽的小鸟，长着彩色的长尾巴，它们东一只西一只地停在树枝上，身子一抖羽毛就纷纷落下来，地面上好像铺上了一层上等的鸭绒。赫伯特捡起几根羽毛，看了一会儿，然后说："这是锦鸡。它们的肉很嫩。而且这种鸟不怕人，我们可以靠近用棍子把它们打死。"

潘克洛夫和赫伯特从草丛里爬到一棵树底下，这棵树靠近地面的树枝上歇满了锦鸡。他们站起身来，棍子像镰刀割草似的把它们从树上一连串地打下来，等到剩下的锦鸡要飞走时，地面上已经堆了一百只左右了。

潘克洛夫用柔韧的细枝把它们穿成串，仿佛一行飞行的云雀。穿好后，他们继续前进。

树林间又飞来了一群鸟，它们在林中的杜松上啄食芳香的松子。它们有着鲜艳的栗色羽毛，中间点缀着深褐色的斑点，尾巴的颜色也是一样。赫伯特认得这是一群松鸡，而且肉味特别鲜美。

潘克洛夫从一棵矮小的刺槐上把粗大结实的倒刺扳下来，绑在爬藤的一头当作钩子，把大红毛虫当作钓饵。他悄悄地从深草里走过去，把绳子带钩的一端放在鸡窝附近，然后拿着绳子的另一端走回原处，和赫伯特一起藏在一棵大树后面，耐心地在那里等待着。

整整过了半个钟头，还没有动静，又过了一会儿，有好几对松鸡一面走，一面在地上找东西吃。潘克洛夫轻轻地拉了几下绳子，钓饵微微一动,虫子就好像还活着似的。几乎同时,有三只贪吃的松鸡,连虫带钩地把食饵吞了下去。潘克洛夫敏捷地把绳子巧妙地一抖,三只松鸡扑着翅膀被钩住了。

近六点钟,当他们筋疲力尽地回到"石窟"时,史佩莱正站在海边,一动也不动地凝视着大海,东方的水平线上遮着一层层浓厚的乌云,它飞快地往头顶上扩张开来。风已经很大,随着夜色的降临,天变得更冷了。天空呈现出一幅险恶的景象,可以清楚地看出,这是暴风雨的前奏。

"今天晚上恐怕要起暴风了,史佩莱先生。"潘克洛夫说完,就回"石窟"去了。

炉架上噼噼啪啪地燃烧着烈火,他们将两只松鸡拔了毛,叉在棍子上,在火上烤了起来。

晚上七点钟,纳布还没有回来,潘克洛夫担心这个伤心的人会在这陌生的土地上遇到什么意外,或是因为绝望而自寻短见。但赫伯特则认为纳布没有回来是由于发现了新的线索,也许他发现了一个脚印,或者是什么残留的东西,也许他现在正在沿着线索寻找,甚至也许他就在他主人的近旁。

天气变了。一阵狂风从东南方吹来,奔腾澎湃的海水冲击着礁石,倾盆大雨突然而至。岸边笼罩着一团激起的雾气,砾石在风浪的逼迫之下撞击在海岸上,旋风在河口和峭壁之间打转,阵阵旋涡抽打着峡谷间的流水。

已是晚上八点钟,纳布还没有回来。

晚餐吃的是松鸡肉,非常鲜美。晚饭后,大家都睡到前一晚自己所占的角落里去了。

夜渐深，外面的风雨也愈紧。虽然外面风雨在咆哮，雷声隆隆，但赫伯特还是睡得很熟。潘克洛夫也困了，航海生涯使他对什么都习惯了。只有吉丁·史佩莱焦急得睡不着觉，满脑子想的都是纳布。

大约在凌晨两点钟的时候，正在酣睡的潘克洛夫突然被推醒了。

"怎么了？"他醒过来喊道，但马上恢复了神志。这是一般水手所独具的本领。

史佩莱在他面前俯着身子说："听，潘克洛夫，听！"

潘克洛夫竖起耳朵，除了风雨声之外，听不见其他什么响动。"那是风。"他说。

"不，"史佩莱答道，他又听了一会儿，"我好像听见……狗叫的声音。"

"狗！"潘克洛夫跳起来喊道，"不可能！并且，在暴风雨里怎么……"

"别说话……听……"史佩莱说。

潘克洛夫又仔细听了一会儿，果然在风雨间歇的时候，听见远处好像有狗叫的声音。

"是托普！是托普！"赫伯特一醒来就喊道。于是三个人一起向"石窟"的洞口冲去。夜色非常昏暗，海洋、天空和陆地都变成漆黑的一片，连一丝亮光都看不见。

又听见狗叫了，他们断定声音的来源离这里还相当远。

他们又回到"石窟"里，潘克洛夫拿了一束点着的干柴，把它扔在暗处，同时吹起了口哨。

不久，一只狗跳着跑了过来。

"是托普！"赫伯特喊道。

果然是托普，它是一只美丽的盎格鲁—诺尔曼杂种狗，跑得既快，嗅觉又灵。

但它是自己孤零零地回来的！纳布和史密斯都没有和它在一起！

托普并不知道这里有个"石窟"，它的直觉怎么会把它直接带到这儿来呢？这似乎是不可思议的，特别是在这茫茫的黑夜里，在这样的暴风雨中！更奇怪的是：托普显得既不疲倦，又不劳累，甚至身上连一点儿烂泥也没有！

赫伯特把它拉到自己的身旁来，拍着它的头，托普用它的脖子来回摩擦着他的手。托普发着短促的叫声，好像要大家跟着它走似的。于是潘克洛夫用手帕把剩余的晚餐包起来带在身上，随着狗向外冲去，他的后面紧跟着史佩莱和赫伯特。

这时候风雨正急，也许正是威力最大的时候。雨并不太大，然而风势非常猛烈。他们朝着正北向上走去，右边是一片茫茫的大海，波涛在狂风中发出震耳欲聋的声响；左边是一片漆黑的土地，没法想象是什么样子。

清晨四点钟时，他们估计已走出五英里以外了。阴云稍微上升了一些，风里的水汽虽然少了，但还是冰冷刺骨。但是他们丝毫也没有诉苦，决定跟随着托普，它走到哪里，他们就跟到哪里。

将近五点钟，天开始破晓。头顶上的迷雾比较稀薄，阴云的四周镶着一道浅灰色的边缘。在晦暗的天空下，一线白光清晰地标志出水平线，浪涛上端闪着动荡不定的亮光，水花又重新变成白色的了。这时候，左边丘陵起伏的海岸开始模糊地显现出来了，但也只是像黑底上的灰点那样难以辨别。

六点钟时，天亮了。密云迅速升起，水手和他的伙伴们离开"石窟"大约已经有六英里了。他们沿着一道宽阔的海滩前进,这一带沿海有很多礁石,没有悬崖,只有一堆堆错综零乱的山石。树木三三两两地丛生着,树身向西倾斜,枝干也朝着这个方向。

这时候托普变得非常焦急。它跑到前面去,然后又跑回来,好像求他们走得快一些似的。然后它就离开了海岸,灵敏的嗅觉,促使它毫不犹豫地一直向沙丘中走去。他们跟在后面。

这片沙丘非常广阔,由许多山石,甚至还有一些小山组成,分布得很不均匀。史佩莱和他的两个伙伴到了一个洞口,这个洞在一座很高的沙丘背后。托普在这里停住了,它一声比一声清楚而响亮地叫起来。史佩莱、赫伯特和潘克洛夫向洞里走去。

一个人直着身子躺在草铺上,纳布跪在旁边,躺在那里的正是工程师史密斯先生……

第五章

史密斯先生得救之谜

工程师虽然得救了，可他被救的过程却成了一个谜。

原来昨天一早纳布离开"石窟"后，便爬上海滨高处往北走去，一直走到他曾经去过的那一带海岸。

纳布在海岸上、岩石里和沙滩上寻找，只不过想得到哪怕是一点点的线索。他特别注意潮水冲不到的海滩，因为靠海一带的潮水是会把所有的痕迹都冲刷掉的。纳布并不奢望他的主人还活着，他只想找到主人的遗骸，亲手埋葬他。

成千上万的贝壳散布在海水冲不到的满潮线上，没有一个看来像有人碰过，个个都是完整的。很明显，这片荒凉的海岸从来不曾有过人迹。

纳布决定沿着海滨再走几英里。一般说来，如果海岸是较低的，而尸体就在不远的海面漂浮，那是迟早会被潮水抛到岸上来的。但不管是水浅处的岩礁，还是水深处的沙岸，他都进行了细致的观察，没有一点蛛儿丝马迹。就在他即将绝望之时，大约五点钟，他在沙滩上发现了一串脚印，这串脚印沿着满潮线一直延伸到沙丘上。

纳布看到这些脚印后，简直都要乐疯了。他沿着这串脚印气喘吁吁地一路小跑，大约五分钟后，他便听到了一阵狗叫声，是托普。然后，托普就把纳布带到了史密斯的身边。

当纳布发现这具毫无生气的躯体时，他心里是多么悲伤，看来看去也看不出史密斯有一点儿活着的样子。他没有一点儿办法，他想到了那些伙伴，他相信充满智慧的史佩莱先生一定能够救活他的主人。但是，他又不能离开他的主人，他只有把全部的希望放在托普身上了，他在托普面前反复念叨史佩莱先生的名字，然后又把手指向了海岸的南方，于是托普就朝着他指的方向跑去了。

托普依靠它那近乎神奇的嗅觉终于找到了它从来没有到过的"石窟"，找到了他们，并把他们带到了史密斯先生的身边。

潘克洛夫轻轻地问道："他……还活着吗？"

纳布脸色苍白、目光呆滞地跪在旁边一动也不动，一句话也没有说。这个可怜的黑人，大概认为他的主人已经死了。

史佩莱跪到赛勒斯·史密斯的身体旁，把耳朵凑在他的胸前。他努力倾听着极其微弱的心跳。经过很长时间的仔细检查，吉丁·史佩莱站起身来，轻轻地说道："他还活着！"

赫伯特马上出去找水。他在一百英尺外的地方发现了一条清澈的小溪，溪里的沙粒把水流过滤得非常干净。但赫伯特找不到盛水的器具，沙丘上连一枚贝壳也没有。他只好把手帕浸在小溪里，然后急忙跑回山洞。

史佩莱用这块湿透的手帕湿润了一下史密斯先生的嘴唇，一声叹息自史密斯的胸部吐了出来，似乎有什么话想说。

"亲爱的纳布，请放心！我们一定能够救活他的！"史佩莱先生大声地说。

赫伯特又用手帕浸满了水,史佩莱使劲儿按摩着史密斯的头部、手心和脚心。一会儿,史密斯先生醒了过来,他微微动了动胳膊,呼吸也逐渐恢复了正常。实际上,他是由于精力耗尽而陷于瘫痪状态,假如不是纳布和他的同伴们及时赶来,赛勒斯·史密斯就不可能活过来了。

"纳布,是你把史密斯先生运到这个地方来的,对吗?"史佩莱突然问道。

"不,不是我。我看到主人的时候他就是在这里躺着的。"纳布说道。

"应该是史密斯先生自己到这里的。"潘克洛夫用猜测的口气说道。几乎是刚说完他就否定了自己的看法,因为史密斯先生的头上、身上和四肢居然连一丁点儿伤痕都没有!大家原本认为他一定是摔在乱石丛中,然后又挣扎到波浪达不到的地方,但居然不留任何痕迹,甚至连手上都没有伤,这实在是令人百思不得其解。

"亲爱的纳布,你是不是以为你的主人已经死了?"潘克洛夫对纳布说。

"是的,我认为是死了!"纳布答道,"要不是托普找到你们,把你们领到这儿来,我就要把主人埋起来,然后死在他的坟上了!"

史密斯的胳膊动了一下,接着又动了动头,然后他说了几个字;但是谁也听不清他在说些什么。

在大家的悉心照顾下,史密斯先生很快便恢复了知觉,快得超出了大家的想象。潘克洛夫把带在身上的松鸡撕成片给史密斯吃下,又把鸡肉汁和水混在一块儿调成一种饮料,史密斯贪婪地吮吸着。

终于,他睁开了眼睛。

"主人!我的主人啊!"纳布喊道。

"荒岛，还是大陆？"史密斯喃喃地说。

"哎！"潘克洛夫情不自禁地喊道，"管他什么荒岛大陆呢？咱们有的是时间去看，只要你活着，我们什么都不在乎。"

"谢谢你们啊，我的朋友！"史密斯说道，"让我再休息一下，现在请告诉我咱们分别后的情景吧，我亲爱的史佩莱先生。"

于是史佩莱就把他们的经历讲了一遍：气球怎样最后一次下坠落在这沙漠似的陌生土地上，怎样发现了"石窟"，怎样寻找他，当然也忘不了强调一下纳布的一片至诚和托普神奇的嗅觉。

"那么，"史密斯用微弱的声音问道，"是你们在沙滩上发现了我，并把我运到这里来的？"

"不，当纳布发现你的时候你就是躺在这里的。"史佩莱说道。

"的确，"史密斯说，"真是太奇怪了！"

"来吧，史密斯先生，"水手说，"请告诉我们你掉到海里以后的一些情景吧？"

赛勒斯·史密斯沉思起来。说实在的，他知之甚少。波浪把他从气球里卷到海里后，他一直往下沉，后来他朦朦胧胧觉得有一个活的东西在他身旁挣扎，那就是托普，它是从气球上跳下来救他的。托普咬住他的衣服，使他浮在水面上。再后来，一股激流向他冲来，把他一直带到北面去，他挣扎了半个钟头后，就跟托普一起下沉到很深的地方去了。

"睁开眼后，我就发现了你们，我还以为咱们都到了天堂里呢，"史密斯先生开玩笑地说，"中间发生了什么事，我一点儿也记不起来了。"

"啊，我们就是到了天堂里！"潘克洛夫挥舞着手说道，"不管怎么样，我觉得你一定是被海水冲上了岸，然后才坚持着走到这儿来，因为纳布找到了你的脚印！"

"嗯……大概是这样子的吧,"工程师若有所思地答道,"你们在海滨上没发现有其他人吗?"

"没有,"史佩莱说,"假如真有人在紧要关头把你救了起来,那么离了大海以后,为什么又把你扔下呢?"

"你说得对,亲爱的史佩莱。告诉我,纳布,"工程师转过头来对他的仆人说,"不是你……你不会一时失去了知觉……那时候……不,那太离奇了……现在那些脚印还在原处吗?请你把我的鞋子拿过去比量一下,看看到底是不是我的脚印。"

史密斯的鞋子和脚印完全符合,因此沙滩上的脚印肯定是赛勒斯·史密斯留下的。

"好吧,"史密斯说道,"我当时肯定是失去了知觉,像梦游者一样没有意识到自己在走路。并且一定是托普把我从海里拖上来,然后把我引到这儿来的。"

大家都认为再也没有别的理由可以解释赛勒斯·史密斯的得救了。这件事应该完全归功于托普。

大家让史密斯先生再睡一会儿,然后找来了一些树枝,做成了一副结实的担架,上面铺了些地衣和野草。

"史密斯先生,你好好地睡吧,"水手轻轻地说,"我们要把你放在担架上,回到我们的'别墅',那是我们的房子,里面有房间,有床铺,还生着火,伙食房里有好多可口的东西。"

六个钟头后,他们到达了"石窟"前。眼前的景象让他们大吃一惊:昨晚因暴雨而涌起的海潮直往"石窟"灌,浸透了里面的每一个角落,所有的东西都被冲倒了,所有的东西都被摧毁了。当然,包括他们的火种,那堆灰烬已经被泡成了一堆稀泥……

第六章 第一次远征

> 为了确定此处到底是岛屿还是大陆，大家决定视察一下整个小岛。

史密斯先生还在沉沉的昏睡中。

精心布置的"石窟"就这样被毁了，本来是想把它作为一份意外的惊喜献给史密斯的。如今连火种都没有了，但大家并不担心。<u>在大家心中，史密斯就是一切科学和全部人类智慧的综合</u>。有了他就什么也不缺了，<u>甚至当这块陆地将要被火山吞没，将要下沉到太平洋深处时，他们也会镇静地说道："有史密斯先生在这儿呢，没什么值得担心的。"</u>

黑夜降临了，气候变得异常寒冷，"石窟"完全变成了一个"冰窟"。他们用干燥的海藻铺成一个床铺，把史密斯放在上面，又把各自的衣服脱下来盖在史密斯的身上。他们采了些石蛏，凑合成一顿晚饭，然后紧紧靠在一起睡下了。

第二天也就是3月28日，天气特别晴朗，太阳从水平线上升起，高大的悬崖上一层层的岩石被照得一片金

> 两句话用了两处夸张的修辞手法，说明了大家对史密斯的睿智与能力的无比信任。

> 与前一晚对比的环境气氛的描写预示着他们未来的希望。

黄，十分美丽。

一大早史密斯就醒来了，开口就问："这里是荒岛，还是大陆？"他最惦记的就是这个问题。

"我们对这地方还知之甚少呢，史密斯先生！"潘克洛夫答道，"等你带我们到内陆去察看过以后，我们就知道了。"

> 说明史密斯确实值得大家敬重，他对大家的处境有清醒的认识，并进行了严密的、有条理的分析。

"我们必须尽快搞清楚，"史密斯先生一边说着，一边毫不费力地站了起来，很明显，他的体力已经完全恢复了，"朋友们，总地说来，我们的处境也许相当悲惨，可是也很明显，我们不是在大陆上，就是在荒岛上。假如是在大陆上，那是可以到达有人居住的地方的，只是费力多少的问题。要是在荒岛上呢，如果岛上有人，我们可以由居民帮助，想法子脱离这个窘境；如果岛上没有人，那就只好自己想法子了。"

经过一番商讨，他们决定明天上山观察一下。但今天，他们还得先解决现实问题：修理"石窟"，寻找野味。

史密斯和史佩莱留下来修葺住处，顺便观察一下海岸和上面的高地。

> 水豚：躯体巨大，长1～1.3米，肩高0.5米左右。常栖息于植物繁茂的沼泽地中，主要吃野生植物，性喜静，不爱戏耍，行动迟缓，善游泳和潜水，但遇到危险则迅速跳进水中逃跑。

潘克洛夫、纳布和赫伯特则到森林中搜集柴火，寻找猎物。在托普的帮助下，他们发现了一只水豚，把它捉住确实不是件容易的事，费了好大的劲儿。他们按照上次运柴的方式，装了满满一木筏的柴火。

快到达"石窟"时，只见岩石丛中有一缕轻烟袅袅升起。几分钟后,三个猎人就来到噼啪作响的篝火前了。

"火,真是火!可以把这只'大肥猪'烤得烂熟,我们马上就可以大吃一顿了!"潘克洛夫说道,"可又是谁生的火呢?"

原来是史密斯先生!他把自己和史佩莱两人表上的玻璃卸下来,两片空出一定间隙,中间灌上水,边缘再用土粘上,就做成了一个放大镜。史密斯用它把太阳光聚在干燥的地苔上,不久地苔就燃烧了起来。

<u>史密斯总是能在困境中寻找解决办法。</u>

晚上,他们不仅有了温暖的炉火,还有了丰盛的晚餐。饭后,他们便早早地睡了。第二天,他们要进行一次决定他们命运的远征。

<u>重新拥有了火,大家的生活瞬间改善。</u>

3月29日早七点半分,他们精神抖擞地爬起来,备足粮食,带着木棍,出发了。

他们绕过南面的拐角,沿着河的左岸,走到河流折向西南时,就离开河道了。

九点钟时,史密斯和他的伙伴们到达了森林的西部边缘。<u>对于周围地势以及一切自然物产,史密斯连看也不看,他的目标就是爬上前面的高山。</u>这座山有两个火山锥。其中的一个高约两千五百英尺,锥顶好像被削平了一般,下面形成很多峡谷,谷里树木丛生,最后的一丛树木直齐较低的锥顶。第二个火山锥在第一个的上边,略呈圆形,稍稍偏向一边,好像一顶歪戴在耳朵上的大圆帽子。他们打算爬上第二个火山锥,按地势看

<u>他的目标主次分明。</u>

来，最好是沿着支脉的山脊上去。

十二点钟时，探险小队在一大丛枞树底下停下来吃饭，附近有一条山涧，流水向下冲成一个瀑布。到这里他们发现从第一个高地才走了一半路。

直到天几乎完全黑了的时候，他们才到达第一个火山锥顶的高地上。首先必须安排露宿，于是大家分头行动，潘克洛夫用石头围成了一个火炉，纳布和赫伯特捡木柴。潘克洛夫把事先准备好的焦布拿出来，用火石打出火星来。几分钟后，一团烈火就噼噼啪啪地燃烧起来了。吃过晚饭后，潘克洛夫和纳布准备睡铺，史佩莱负责记录当天所发生的事情，史密斯带着赫伯特先到峰顶探测一下地形。

> 美丽的景色似乎也映衬了他们此刻的心情。

夜色优美而宁静，周围的光线还不太暗。史密斯和赫伯特到达火山锥顶最高峰的时候，已经将近晚上八点钟了。

周围漆黑一片，什么也看不清楚。突然，水平线上有一处透出一丝微弱的光芒，乌云渐渐地往头顶移动，光线也随之慢慢地照到地面上来。原来是一钩新月正在西沉，乌云移开以后，月光足以清清楚楚地照亮水平线。

> "荒岛"——这是随之而来对他们的打击。

一瞬间，工程师看见新月倒映在水波上，荡漾不止。史密斯一把抓住赫伯特的手，沉重地说："这是一个荒岛！"这时候，这一钩新月落到水波下面去了。

半个钟头后，史密斯和赫伯特回到了营地。他简单地告诉伙伴们说，上天把他们扔在一个荒岛上了，其他情况明天再研究。

3月30日，匆匆忙忙地吃完了早饭，史密斯打算再爬到火山顶上仔细观察一下，如果荒岛跟任何陆地都不接近，或是在往来于太平洋各群岛的航线以外，那么他们就可能一辈子困守在这里。这一次伙伴们跟着他参加了新的探索。他们也想看一下荒岛，因为今后他们的一切需要都必须依靠岛上的物产来供应。<u>即使一辈子待在这里，他们也不焦虑，因为有伟大的工程师史密斯先生在身边，特别是潘克洛夫，自从生火的事情以后，他任何时候也不感到悲观，只要史密斯和他在一起，即使在一块光秃秃的石头上，他也不怕。</u>

> 再次说明大家对史密斯的无比信赖和尊敬。

不到八点钟，史密斯和他的伙伴们一起来到了火山口的顶峰，他们站在北边隆起的锥形小丘上。

"海，到处是海！"他们喊道。

> 确定了他们面对的困境。

海岛已经察看完毕。他们知道了它的形状，了解了它的地势，算出了它的大小，查清了它的山岳和河流。森林和平原的分布也由通讯记者概括地画下来了。现在只等下山从矿物、动物和植物这三方面来勘察这块土地的资源。

在他们确定自己将成为这片陆地上的居民时，他们决定要给这个海岛，以及所看见的那些海角、地岬和河流，起个名字。

潘克洛夫建议用他们的名字："纳布港、吉丁角、赛勒斯岛……不挺好吗?"

"我建议用我们国家的名字吧,"史佩莱说道,"这样我们就可以时刻把祖国记在我们心中。"

> 环境虽令人有些绝望,但他们对祖国的向往不会改变。

这个提议立刻得到了史密斯的支持:"我们可以把东边的那个大海湾叫作联合湾,把南边的那个大海湾叫作华盛顿湾;把我们所站的这座山叫作富兰克林山;把我们所瞧见的下面那个湖叫作格兰特湖。不能再好了,朋友们。我们就用这些名字来怀念我们的祖国,纪念为国增光的那些伟大的公民。至于我们从这座山顶上所看见的那些河流、海湾、海角和地岬,最好还是根据它们形状的特点来命名。这样比较容易记住,而且更加切合实际。朋友们,你们认为怎么样?"

工程师的提议得到了伙伴们的一致同意。海岛像一幅地图似的铺展在他们的眼前,只差给各点各处都起个名字。吉丁·史佩莱把这些名字记下来以后,海岛的地理名称就算正式确定了。

> 几个排比句说明大家集思广益的态度。

史佩莱建议把海岛西南的那个半岛叫作盘蛇半岛,把半岛末端的那个弯尾巴叫作爬虫角;赫伯特建议把海岛的另一端叫作鲨鱼湾;潘克洛夫建议再把嘴的上下两部分叫作颚骨角;纳布建议把东南端的海角叫作爪角;后来,潘克洛夫又建议把那条可以喝到淡水的河流称作慈悲河,把着陆的那个小岛命名为安全岛,"石窟"的上方高耸的花岗石峭壁顶端命名为眺望岗;最后,他们又把覆盖着盘蛇半岛的整个密林叫作远西森林。

史密斯对海岛的位置又进行了一番准确的判断，所有工作都已完毕，居民们只等走下富兰克林山回"石窟"了，这时潘克洛夫突然大叫起来："哎呀！我们所在的岛，竟忘记给它起名字了！"

赫伯特提议用史密斯的名字来给海岛命名，史密斯却淡淡地说："朋友们，我们用一个伟大的公民的名字来给它命名吧，这个公民现在正在为保卫美利坚合众国的统一而斗争，我们就把这个岛叫作林肯岛吧！"大家欢呼了三次，表示拥护他的建议。

林肯岛的居民们爬下了火山口，约半小时后，他们就到了昨晚过夜的高地，潘克洛夫觉得已经是吃早饭的时候了，于是他们就想到应当把通讯记者的表和工程师的表对一下。

史佩莱的表没有被海水浸过，这是一块做工精良的手表，他每天都忘不了小心地给它上发条。史密斯的表是在他到沙丘上的那一段时间内停的，根据太阳的高度确定大概是早上九点钟，于是就把表对在这个时间上。

史佩莱也打算按当地时间对表，可是工程师拦住他的手说："不，亲爱的史佩莱，等一会儿。你的表是里士满的时间，里士满和华盛顿的子午线又几乎是一样的，就保持这样吧。每天记住给它上发条，可是不要拨表上的针。这对我们也许有用。"

他们无法忘记祖国，无法忘记为保卫祖国而战的英雄。

> 史密斯总是想得比大家更全面、更久远,不知不觉中,他已成为这个小团体中的灵魂人物。

下了高地以后,史密斯提议不从原路回"石窟",而另选一条新路。他想视察一下在树木环抱中的美丽的格兰特湖。一路上,工程师一般很少说话,有时候独自走开去捡些东西,也许是矿物,也许是植物,他总是不言不语地把捡来的东西放在口袋里。

将近十点钟的时候,小队跨下了富兰克林山的最后一级山坡。这里的树木还很稀疏。在这里,他们发现了一处硫黄泉,弥漫着一股刺鼻的臭味。

> 描述了岛上资源丰富,为他们的未来埋下伏笔。

不远处,有一条大河,河水又深又清,是由山涧水汇合而成的,它有时候安静地流过砂石,潺潺作响;有时候冲击在岩石上,或者是从高处直泻下来,形成一个瀑布。大河从这里流向格兰特湖,长达一英里半还多,宽三十到四十英尺。大河流出几百英尺以外,两岸有许多树木遮盖着,飞鸟群集在疏疏落落的枝杈之间,树枝完全没有遮住它们的翅膀。它们一面拍着翅膀,一面叽叽喳喳地乱叫,几乎把耳朵都吵聋了。突然,丛林中仿佛举行了一个奇怪的合奏,许多不和谐的声音一齐响了起来。居民们先后听到鸟叫声、野兽吼声,还有一种好像是土人嘴里发出来的声音。原来是六只善于模仿各种叫声的鸣禽,也就是所谓山雉。一根棍子准确地打了几下,它们的合奏马上中断了,居民们可以用它们做一顿上好的晚餐。

林中还有成群的鸽子、乌鸦和喜鹊,只可惜他们没有猎枪。还有一群动物在丛林中跑过,连蹦带跳的,赫伯特说这是袋鼠的一种。

在托普的帮助下,他们捉住了两只啮齿动物,它们比兔子稍微大一些,浑身长着黄毛,上面夹杂着绿色的斑点,尾巴退化得剩下短短的一点儿。

他们来到格兰特湖的西岸。湖的周围约有七英里,面积在二百五十英亩左右,湖边生长着各种树木。东边几处较高的湖岸有一道美丽如画的苍翠屏障,透过屏障可以看见一线海洋闪闪发光。湖岸的北边显得曲折有致,和南部峻峭的轮廓形成鲜明的对比。湖边栖息着许多水禽。这是一个淡水湖,湖水颜色很深,但也很清澈,水面上常常有几处泛起水泡,无数的涟漪一圈圈地荡漾开来,然后又彼此碰在一起,可见水底下游鱼是不会少的。

> 美丽的景色令人心旷神怡,与他们之前的遭遇形成鲜明对比,也说明了他们此刻的心情。

伴随着愉快的心情,他们沿着慈悲河的左岸回到了"石窟"。当然,他们的晚餐是极其丰盛的。

吃过晚饭后,大家正打算睡觉,史密斯突然从口袋里拿出几小块不一样的矿石来,说道:"朋友们,这是铁矿石,这是黄铁矿石,这是陶土,这是石灰石,这是煤。自然界把这些东西供给了我们。能不能好好地利用它们就在我们自己了。明天我们就开始工作。"

> 史密斯始终是那样有条理、有计划。

▎情境赏析▎

本章是一个转折点,从他们之前发现"孤岛"之后的近乎绝望,到在史密斯的带领下重燃生活下去的希望之火,预示着他们充满希望的未来生活。尤其需注意的是，本章中几处对优美环境的描写，与之前他们从被囚禁到在飓风中逃亡，最后落难荒岛等一系列境遇形成强烈对比，展示了从绝望到绝望，最后终于迎来一线希望的过程。

|名家点评|

中国人做梦梦的是金榜题名、洞房花烛，而法国人却在幻想征服月球。

——鲁迅

第七章 寻找新住处

大家利用岛上的资源制造了许多工具，找到了一个舒适又安全的新住处——"花岗石皇宫"。

4月1日史密斯记下了太阳落到水平线下的精确时间，4月2日早上他又记录了太阳升起的精确时间。从日出到日落一共是12小时24分，在日出后6小时12分时，这一天的太阳应该正通过子午线，这时候它在天空的方位就是正北。这样就确定了小岛的精确方向。

> 掌握天文历法。

他们决定造一些简单的工具。为此，他们不得不从头做起，因为他们连制造工具的基本工具都没有。虽然他们有许多前辈的经验，用不着自己摸索创造，但还是什么都需要动手去做。他们的钢和铁还在矿石状态中，陶器在陶土状态中，布匹和衣服在纺织原料的状态中。

> 获取生活资料。

但这难不倒集勇气、胆量和智慧于一身的史密斯先生，更何况他还有一群聪明热情的助手：史佩莱在任何工作面前都不会退缩；赫伯特有着丰富的自然科学常识；纳布是热诚的化身，他聪明、机智、刚强、健壮，

> 排比句，描述了他们的这个"小型社会"功能俱全。

<u>有着钢铁一般的体格；至于潘克洛夫，他到过各个海洋，在造船所当过木匠，在船上当过助理裁缝，假期中还当过园丁、栽培匠等。</u>这五个人都很能和命运做斗争，而且很有把握取得胜利，能把这五个人凑在一起，的确是难得的。

　　首先，他们需要一把刀。史密斯把套在托普脖子上的套环——是用薄薄的回火钢做成的——解下来，并折成两段，然后放在沙石上磨了两个小时，这样两把锋利的快刀就做成了。

各自发挥作用，为生活奋斗。

　　潘克洛夫以棕榈科的一种树的树枝为弓体，以木槿的纤维为弓弦，做成了一张结实的弓，然后又以既直又硬、没有枝节的树枝为箭杆，以豪猪的硬刺为箭头，以鹦鹉的毛为箭尾。从此，"石窟"里便有了各种各样的大量的野味。

说明了他们充分利用原材料的创造热情。

　　他们用陶土做成砖坯，烧成砖头；把石灰石和普通石头加热分解成生石灰，与细沙和在一起，成了上等的灰泥。他们用砖头和灰泥做成窑洞，又在红河（红河也是他们发现的一条河，因里面富含铁物质，呈现出红色，他们称作红河）河口一带发现了煤。他们烧制出一只烹调用的陶土罐，又做了一些饭碗、茶杯和水壶，潘克洛夫还做了几只大大的烟斗，但遗憾的是没有烟叶。后来，他们在矿层中发现了硝石，可以做成硝酸盐，当然，它还是制作火药的原料。

　　4月15日那天，他们吃过晚饭到海滩上散步，夜色非常迷人。南极星在南边的天顶上闪闪发光,其中最明显的便是南十字星座,它的上下两端各有一颗一等星,左边有一颗二等星,右边有一颗三等星。史密斯突然说道:"一年之中,有四天实际时间和平均时间完全相等,明天就是其中一天,也就是说,明天正 12 点时,太阳在几秒钟内正经过子午线。如果天气好,我想大体可以准确算出海岛的经度来。"

"不用六分仪吗?"史佩莱问道。

"不用,"这<u>工程师</u>说,"今晚夜色非常清朗,我现在就要计算南十字星座的高度,根据水平线上的天极,想法子把我们的纬度求出来。我们必须尽可能精确地知道它和美洲、大洋洲或是太平洋主要群岛的距离。"

史密斯用两把小平板尺做成一副简单的圆规,挑选了一个比较理想的测量地点,经过一系列的测量和计算,大致可以确定林肯岛的位置在南纬 35 度与 40 度之间。

4 月 16 日是复活节,这是一个美丽的秋日。史密斯在沙滩上选了一片开阔地,插了一根木杆,当木杆的影子最短时,应该是正午 12 点。而此时史佩莱的表是 5 点零 1 分,史佩莱的表的时间是里士满的时间,也是华盛顿的时间。华盛顿和林肯岛的经差大约是 5 小时,华盛顿的经度是 77 度 3 分 1 秒,那么林肯岛应该在西经 152 度的地方。根据计算结果,林肯岛离新西兰有 1800 多英里,离美国西海岸则在 4500 英里以上!

作者此处用史密斯以前的职业称呼他有什么用意?

> 结果似乎令人绝望，但他们没有因此消沉。

当史密斯先生宣布这个结果时，他们都陷入一片沉思，看来他们必须要在这个小岛上待上一段时间了。但过了一会儿，他们就很快又投入到了新的工作中，因为快到寒冬季节了，他们必须要做好在林肯岛上过冬的准备。

下一步的工作就是冶炼钢铁。他们在海岛的西北部发现了铁矿，铁矿不远处就是煤层。他们打死了两只海豹，用它们的皮做成了一台风箱。他们就把"家"搬到了这个矿区，开始日夜不停地工作。工作是艰巨的，需要他们最大的耐心和全部的智慧，经过一番努力，最终成功了。<u>虽然冶炼出的铁很粗糙，但却很有用，他们把它做成了铁锹、钳子、鹤嘴锄和铲子等。后来，他们又炼出了钢，用钢做成了斧头、刨刀、锯和凿子等。</u>

> 对生活资料的占有和使用，使他们有了生活下去的本钱。

5月5日，他们搬回了"石窟"。

5月6日，这一天相当于北半球地区的11月6日，一连好几天阴沉沉的，凛冽的风雪随时都有可能侵袭。必须找个比"石窟"更适宜的住所。

这是有一定难度的，大家寻遍了周围的每一个角落，也没有发现一个凹处。

"那么，我们就在湖边建造一所房子吧，"水手潘克洛夫说道，"现在砖头和工具都有了，我们做过制砖工人、陶器工人、冶金工人，瓦工也一定做得更好！"

"这是个不错的主意,我的朋友。"史密斯微笑着说道,"可是我们无论做什么决定,都要经过全面考虑。如果我们能找到一个天然住宅,就可以省掉很多工作,也比较安全,因为天然的住宅既可以防御本岛敌人,又可以防御外来敌人。"

> 大家集思广益,但史密斯总是想得更为久远和有条理。

纳布提议大家用鹤嘴锄挖个山洞,但遭到了大家强烈的反对,因为可能山洞还没挖出来呢,大家就已经被冻死了。潘克洛夫建议可以先造出火药,然后再把花岗石炸开,史密斯听了以后,什么也没有说,沉思了一会儿,最后建议大家再从河口到北部峭壁尽头的拐角处去仔细检查一遍。

搜索完毕,大家来到峭壁的北边拐角处,峭壁到这里就是终点,再过去经过一段很长的距离往下倾斜,平伏在海岸上。从这里直到西边的尽头,只剩下一层厚厚的岩石、泥土和沙粒所形成的斜坡,上面点缀着一些草木,它的倾斜度只有45度。

斜坡上的树木是一丛丛地长在一起的,此外还铺着很厚的野草。可是过去不远,就没有植物,成为一片铺展得很开阔的沙地平原了,这片平原从斜坡的尽头开始,一直延伸到海滨。

史密斯认为漫出来的湖水一定会流到这边来,红河流过那么多的水来,当然要通过河流或其他水道才能输出。但是在已经探索过的岸上,也就是说,从眺望岗以西的河口起,工程师始终没有找到这个出口。

> 合理推断、精密分析才有望得到好的结果。

　　他们又绕过高地的边缘,从左边往河口走去。这一段弯弯曲曲的道路有一英里半以上。不过树木稀疏,间隔很宽,走起来并不困难。他们很快就来到红河注入格兰特湖的地方,史密斯认为流到湖里去的水量是相当可观的,因此大自然一定要给过多的湖水找一个出口,而且会形成一个瀑布,如果能够找到它,是有很大用处的。

　　他们绕着湖岸走,绕过东北角,还是找不到任何排水的痕迹。移民们继续沿岸搜索,拐了一个小弯以后,湖岸低落下来,和海岸保持平行。突然,一向保持安静的托普显得急躁起来。它在岸边来回奔跑,突然停下来看着湖面,跳到湖里。史密斯正在喊它,水里突然钻出一个大脑袋来,那里的水看起来并不深。这是一只两栖动物,它有着圆锥形的脑袋,一双大眼睛,嘴边长着柔软的长须,这是鲸类的一种,叫作儒艮,它的鼻孔生在鼻子的上部。这只巨大的动物向托普扑过来,把它拖到水底下去了。这一切发生得太快了,以至于大家都还没有反应快来,托普就不见了。

　　大家都呆呆地望着湖面,托普突然又从另一个旋涡里钻了出来。不知哪里来的一股力量把它一下子抛离水面十英尺,然后又掉回动荡的湖水里,不久以后,它就游上岸来了。它身上居然没有重伤,轻易地脱了险。同样令人惊异的是:水里似乎还在继续搏斗。大概儒艮遭到什么猛兽的进攻,因此才放下托普进行自卫。搏斗并

第七章 | 寻找新住处 49

没有继续很久。湖水被鲜血染红了，儒艮从周围一片猩红色的湖水中浮了上来，很快就在湖南角的一小片沙滩上搁浅了。儒艮已经死了，它的颈部有一处伤口，好像是尖刀割破的。史密斯和他的伙伴们对这件事情怀着莫大的兴趣，回"石窟"去了。

难道水底会有人生活？

5月7日，史密斯和史佩莱爬上了眺望岗，赫伯特和潘克洛夫出发到河的上游去，打算补充些木柴，留下纳布一个人在家里准备早饭。

史密斯对昨天的事充满了疑问，为什么托普一点儿损伤都没有呢？他又想起了自己的得救，真是令人百思不得其解。他们来到昨天的沙滩处，经过一番仔细查找后，史密斯看见了一股急流，他扔了几块木头到水里去，发现它流向南边的拐角。他跟着水流，到达了湖的南端。这里湖水下陷了一块，好像有一部分水漏进了地缝似的。史密斯把耳朵贴在和湖面一样高的地面上，静静地倾听着，他清晰地听到地下瀑布的响声。

"排水的地方有了。"他一面说，一面站起身来，"没有问题，湖水经过花岗石壁里的一条通道，一直流向大海，我们可以利用它所流经的石洞。瞧吧，我一定能够找到它！"

史密斯为什么会如此自信？真的会如他所愿吗？

史密斯先生决定要把这个地方炸开，让水流出去，使湖面降低以露出洞口。

接下来的工作就是要制造一种炸药。史密斯带领着他的团队，利用自然界提供给他们的矿物，经过近半个月的努力，终于制成了一种叫"硝化甘油"的炸药。这是一种可怕的药品，它的爆炸威力大概比普通炸药大十倍。

<small>夸张的修辞手法，形容声音之大。</small>

5月21日，他们在岸边的斜坡上挖埋炸药的坑。<u>只听见一声惊天动地的爆炸声，整个海岛好像都被撼动了</u>。只见花岗石壁上裂开了一大块，一股急流波浪翻滚地穿过高地，从三百英尺高的地方向海滩上直泻下去。

格兰特湖原有的出水口现在已经露出来了，大家回到"石窟"拿了几把鹤嘴锄和铁头标枪，还有一些纤维绳索、火石和钢块，打算进入洞内进行探险。

这个洞口横宽约二十英尺，但是高度却几乎不到两英尺。它的样子很像人行道边下水道的沟口，纳布和潘克洛夫抡起鹤嘴锄，很快就把洞口凿到一个合适的高度。他们用树枝做成火把，开始进入原来灌满湖水的漆黑的甬道，愈往前走，甬道的直径也就愈大，走了一会儿工夫，他们就能够站直身子了。这里的花岗石经过流水长年的冲洗，又湿又滑，走在上面随时都有摔跤的危险。于是居民们采用了爬山时常用的办法，用一根绳索把大家连起来。幸而有些花岗石向外凸出，形成天然的梯阶，这样往下走就不至于摔跤了。

居民们往下走得很慢。这个石洞还是第一次有人来，谁也不知道它究竟有多深。他们冒险往深处走，不由得产生了一种无名的恐惧。他们谁也不说话，然而脑子里却不住地在想，而且想的还不只一件事。这个地洞通向大海，也许有水蜥和其他巨大的头足类动物住在里面吧。好在托普在小队的前面走着，在紧要关头，<u>它是绝不会不发出警报的。</u>

> 双重否定的句式，表述肯定的意思。

他们沿着曲折的道路，大约走了一百英尺的光景。走在前面的史密斯站住了，他的伙伴们也到了他的跟前。他们站脚的地方很宽，这里是一个大小适中的山洞。顶上一滴一滴地往下滴水，然而大家很清楚，水不是从岩石里渗出来的，只不过是多少年来在石洞里奔腾而过的急流所剩下的一点儿残迹罢了。这里的空气虽然有些潮湿，然而却很新鲜，没有丝毫浊气，但这里却不能住人。

他们又继续往下走了五十英尺左右，忽然听见托普愤怒的叫声，他们握紧手中的标枪，往前赶去。通道到了尽头，这是一个宽敞高大的石洞，托普来回乱跑，狂叫着。但宽大的石洞空空如也，什么也没有。

托普跑到石洞尽头，叫得更使劲儿了。他们跟上前去，用火把一照，看见花岗石地面上有一个洞，简直就像一口正规的井。湖水就是通过它排出去的。这里面不是什么倾斜的、可以通行的甬道，而是一口直上直下的井。史密斯把一根点着了的树枝往深渊里扔去，根据树枝坠落的时间，算出井的深度大概在九十英尺。

> 原来，托普的行为无意中立了一个大功。

他们决定就在这个地方住下了。但目前还有两个困难：首先，怎样能使这个岩石中间的洞窟得到阳光；其次，必须想法子使进出方便一些，头顶上的花岗石很

> 这个新环境会让他们的生活更舒适吗？

厚，要想从上面取得光源是不可能的，因此只有把临向大海的岩壁凿穿。如果能让光线从这里进来，那么也一定能够打开一扇门，因为门和窗凿起来都一样，只是需要在外面安装一个梯子，这也不是难事。

他们在一个凹得相当深的地方开始用鹤嘴锄轮流凿壁，干了两个钟头，他们开始怀疑了，觉得这里大概不是鹤嘴锄能凿通的。正在这时候，史佩莱最后一锄竟凿穿了岩石，工具脱手掉到外边去了。

史密斯把眼睛凑到壁孔上，这里离地面有八十英尺。前面伸展着海岸和小岛，远处是辽阔无边的海洋。

> 对这个宽敞空间的详细描述，说明这确实是个不错的地方。

阳光透过缺口，照亮了这个壮丽宏伟的石洞。石洞左边的高度和宽度都至多不过三十英尺，右边却非常宽敞，圆形的顶壁高达八十英尺以上。洞里的穹窿就好像教堂中央的圆顶，由许多不规则的花岗石柱支持着。这些石柱有的像侧面的扶壁，有的像椭圆形的拱门，上面点缀着许多刻画鲜明的花纹。在阴暗的角落里，还隐藏着许多突出的图案，像挂着的装饰品似的。通过这些石柱所形成的奇形怪状的拱门，隐隐约约透过一些光线来。

> "皇宫"迎来了它的"国王"们，似乎预示着即将开始的美好生活。

他们笑着、说着、赞叹着，浑身上下的每一个毛孔都渗满喜悦和满足，他们决定给这个山洞起一个响亮的名字——"花岗石皇宫"。

名家点评

如果说上一章是全书故事的一个转折，那么这一章则是这个团体中所有成员对未来新生活的向往和希望的铺垫。在史密斯这个灵魂人物的带领下，大家各司其职、各自发挥所长、团结一致，在险恶的绝境中突围，为将来的生活不懈寻找和奋斗，表现了这个团体昂扬的斗志和永不服输的精神。而最后一段也恰恰预示着他们每一个人都成为了自己生活中的"国王"。

名家点评

凡尔纳的小说启发了我的思想，使我按一定方向去幻想。

——（俄）齐奥尔科夫斯基

第二次远征

第八章

在大家出去的这段时间里他们的居所被侵占。可这个意外却让他们多了一个新成员。

第二天,即5月22日,他们开始布置新居。

他们用剩下的"硝化甘油"在向阳的一面开始炸洞,共开了五扇窗户,安上厚实的百叶窗。把石洞分成五个空房,分别作为厨房、饭厅、寝室、仓库,另外还有一个会议室。在最右边开了一道门,打算在门外安一个悬梯。梯帮用爬藤植物的纤维做成,横档用红杉树枝做成。石门离地面有八英尺的距离,幸亏在离地面四十英尺处有一块凸出的地方,这样他们就可以把梯子分成两段悬挂,使梯子悬挂重量和摇晃程度减轻了一半。他们还做了一个辘轳,以方便从地面上往石洞里运砖头和石灰。他们还把最初炸开的那个洞口用大块的岩石堵住了,在石缝间种了些野草和灌木;并利用瀑布把淡水引过来,在地面上开了一个小沟。

他们在建造"皇宫"时,并没有忘记吃的问题。他们几乎每天都会抽出几个小时的时间外出打猎,以储备冬粮。进入他们储备名单的有野鸭、啄木鸟、袋鼠、野猪、水鸟、兔子,还有白狐,当然,白狐的肉是相当难吃的。赫伯特还采集了大量的药用野草,以备不时

第八章 | 第二次远征

之需。

转眼间，6月份到来了，已经进入了冬季，每天不是狂风，就是暴雨。纳布几乎每天都在忙着做腌肉和熏肉，以保证大家永远吃到美味的食物。

6月5日，他们刺死了6只海豹，用它们的皮做皮靴，将它们的脂肪和石灰、硫酸混在一起，制成了蜡烛。他们还造出了剪刀，终于可以刮刮脸、剃剃胡子了。还做了一把锯子，也就添加了诸如桌子、凳子、碗柜、床架和食具架等家具。他们开辟了一个养殖蛤蜊的场地，从酿母枫中炼制糖、从木质树根中发酵一种带酸味的饮料。

赫伯特还在身上发现了一颗麦粒，这让史密斯如获至宝。他小心翼翼地把麦粒捧在手中，确定它是一粒完好无损的麦粒。然后他愉快地说道："朋友们，我们终于可以吃上面包了。我们把这颗种子种下去，第一次可以收获800粒，再把它们种下去，就能收获64万粒，第三次就有5.12亿粒，第四次就可以收获4000亿粒。这里每年可以收成两次，两年的时间就够了。"

将近6月底，一连几天阴雨以后，天气显著变冷。他们砌了个火炉，又从富兰克林山脉运了几车煤炭。

进入8月份后，空中就开始飘起雪花。森林以前一片苍翠，现在只见一片白。慈悲河的河水从冰檐下流过，涨潮和落潮的时候，把冰涨破，发出很大的响声。岩石丛中流出瀑布的地方倒挂着许多冰柱，乍一看以为是从一个奇形怪状的漏斗里泻出来一样。

这种日子一直持续到9月份，每一天似乎都很漫长而枯燥，虽然他们衣食无忧，但是这种囚犯式的生活几乎要让他们发疯了。就连托普也受不了了，它经常在各个房间里来回乱跑，每当它走近仓库后面那个通向大海的黑井时，就开始咆哮起来。进口盖着一个木盖，它绕着井盖团团转，有时甚至将一只爪子伸到盖子下面，好像是要把它掀起来似的。

到了10月份，严寒终于结束，冰雪融化了。他们终于又可以出去活动了。

但是在这期间，发生了一连串的怪事，让整个"皇宫"里的人坐立不安。

第一件事是他们在一只野猪幼崽的体内发现了一颗铅弹。10月24日，他们预先设置好的陷阱捉住了一只母野猪和两只三个月大的幼崽。那两只幼崽变成了他们精致的晚餐——烤乳猪。烤乳猪的确好吃，正当大家狼吞虎咽时，潘克洛夫突然发出一声喊叫，他的牙让一个硬东西给崩了，拿出来一看——不是想象中的鹅卵石——是一颗铅弹。

第二件事是他们事前捕获的绿海龟不知让谁给放走了。10月28日，赫伯特和纳布出外散步，途中遇到一只绿海龟，海龟长三英尺，至少重四百磅，在没有任何辅助工具的前提下，凭两人的力量是难以运回去的。两人找了一个棍子，把它插到海龟身下，将它翻了过来，然后又在海龟周围砌上石头，将它夹在中间。两个钟头后，当两人驾着大车重返此处时，绿海龟却不翼而飞。两人面面相觑，绿海龟自己是不可能逃跑的，那就只能有一个解释了：是被别人或别的动物救走了。

第三件事就是他们在河滩的泥沙中发现了一个黑色的大箱子。10月29日，他们发现了这只大得出奇的完好无损的箱子。打开后，箱子内壁衬着一层锌皮，显然是为了防止箱子里的物品受潮的。下面是史佩莱记在笔记本上的一张全部物品的清单：

工具——三把多开的小刀，两把砍柴斧，两把木工斧，三个刨子，两个镑子，一把鹤嘴锄，六把凿子，两把锉，三把锤子，三把螺丝起，两把钻孔锥，十袋洋钉和螺丝钉，三把大小不同的锯子，二十二匣针。

武器——两支燧发枪，两支撞针枪，两支后膛马枪，五把尖刀，四把马刀，两桶火药，十二箱雷管。

仪器——一个六分仪，一副双筒望远镜，一架长筒望远镜，一匣绘图仪器，一个航海指南针，一只华氏寒暑表，一只无液晴雨表，一只装有照相器材、对物透镜、感光板、药品等的匣子。

衣服——两打衬衫（由一种类似羊毛的植物纤维制成），三打长袜。

器皿——一只铁汤罐，六把带柄小铜锅，三只铁盘，十只钢精羹匙和十只钢精叉子，两把水壶，一个轻便火炉，六把餐刀。

书籍——一本《圣经》（新旧约全书），一本地图，一本《波利尼西亚成语辞典》，一部《自然科学辞典》（共包括六本），三令白纸，两本白纸簿子。

这些武器、仪器、工具和器皿跟一般的不同，它们没有制造厂的牌号，而且似乎是全新的，还没有使用过；书籍都是英文印刷，但上面既没有出版者的名字，又没有印刷日期。

这一连串的怪事使他们下定决心要彻底搜查全岛，看看是不是有其他人存在，或者是有遇难船只存在。

10月30日，他们造好一只可以在慈悲河上航行的平底船，备好三天的粮食和肉类，带了两把砍柴斧、一副望远镜、一个袖珍指南针、五把尖刀、两支燧石击火枪、一只马枪和一些弹药，纳布还携带了轻便火炉。

慈悲河两岸景色非常秀丽。左岸比较平坦，右岸树林茂密。河床里不时能发现很长的水草，一些凸出的岩石更是给航行增加了困难。当他们驶进一片森林时，太阳已经西沉，他们决定就地宿营。入夜时，他们听到一种可疑的咆哮声。为了保证平安睡觉，他们燃起了一堆旺盛的烈火，火堆噼噼啪啪地响着。纳布和潘克洛夫轮流守夜，不断地大量添加燃料。他们在黑暗中仿佛看见从灌木丛中出来一些野兽围绕着帐篷偷偷地走来走去。

10月31日，他们早上五点钟就都起来了，准备重新上路。清晨六点钟，大家匆匆地吃完早饭，找一条捷径向荒岛的西岸出发了。

远西森林长满了一望无际的各种灌木丛。附近森林里的树木大都在湖边和眺望岗上见到过。其中有喜马拉雅杉、洋松、柽柳、橡皮树、加利树、木槿、杉树和其他树木，都是普通的大小，因为树木太密，妨碍了它们的生长，居民们需要一边开路一边走，因此不能走得很快。

在第一段行程中，他们遇到无数的猴子，这些猴子在看到它们从未见过的人类以后，都感到非常惊讶。史佩莱打趣地说，也许这些活泼愉快的四足动物会把他们当作自己的退化了的弟兄呢。

九点半的时候，突然有一条三四十英尺宽的不知名的河流拦住了前进的道路。湍急的河水冲击着河中央的岩石，溅起一片白沫。河水很深，也很清澈，但是完全不能通航。

赫伯特建议游过河去，史密斯断定这条河通向大海，将平底船拴在一块岩石上，让大家沿着河岸走，就可以到达海滨。

河面终于宽起来了，最后，荒岛的西海岸全景就完全呈现在他们面前了。这和东海岸显得多么不同啊！这里没有花岗石的峭壁，没有岩石，甚至连沙滩也没有。森林一直伸展到海边，高大的树木俯身在海面上，激起的浪花飞溅到枝叶上面。

他们来到了一个不知名的港岸上，这个海港只能勉强容纳两三艘渔船。它是一条通向新河的海峡，这条新河不同于一般的是：它的河水不是缓缓地流向大海，而是从一个高达四十多英尺的地方倾泻下去的，这就是他们在河的上游感觉不到涨潮的原因，大家同意把这条河命名为瀑布河。迎面往北，森林的边缘连续约有两英里长，然后树木稀疏了，再往外去，风景如画的山岗从北到南几乎形成一条直线，相反，在瀑布河和爬虫角之间的海岸上则全是森林，美丽的树木，有的笔直冲天，有的弯腰拂水，汹涌的海浪冲刷着它们的根部。

现在，他们就要在这片海滨，也就是在整个盘蛇半岛上进行搜索了，因为这部分海岸正是遇险者天然的栖身之地，其他空旷而荒芜的海岸是不能供他们居住的。

这一天天高气爽，纳布和潘克洛夫在一块山石上准备着早饭，这里可以看到很远的地方。周围没有一只船，视线之内什么也没有。可是在没有搜查到盘蛇半岛的海岸尽头以前，史密斯是不肯罢休的。可这里丝毫看不出最近有船遇险的迹象，史佩莱说得对，遗留下来的东西可能被海水冲走了，因此他们不能因为找不到踪迹，就认为根本没有船只在海滨遇险。通讯记者的观点是正确的，况且枪弹的事情也证明了过去三个月内一定有人在林肯岛上开过枪。

已经五点钟了，他们要在这个海角上过夜了。赫伯特和潘克洛夫很快就找到可以过夜的地方了。岩石上有许多洞穴，这多半是被西南风激起的海浪冲击成的,在这些洞穴里栖身,就可以避免夜晚的凉风。可是他们正打算走进一个洞去,突然听见一声吼叫。

一只色彩斑斓的野兽在洞口出现了。这是一只美洲豹,大小至少和亚洲种差不多,也就是说,整个身子有五英尺长。它那金黄色的毛皮上有着黛眉似的条纹和整齐的卵形黑点,和雪白的胸膛形成鲜明的对比。赫伯特知道它是老虎的劲敌,和大豺狼的劲敌花豹一样,都是可怕的猛兽!它往前迈了一步,目光炯炯地望着周围,毛发倒竖起来,好像这已经不是第一次闻到人味了。

史佩莱从一块石头后面跑了出来,他走到离野兽只有十英尺的地方,一动也不动地站在那里,把枪抵在肩窝上,使全身肌肉完全保持不动。野兽正打算纵身跳过来,就在这时候,一枪打在豹的两眼之间,它就倒毙在地上了。

他们决定就在这个豹窝里过夜。纳布留下来剥豹皮,他的同伴们到森林里捡了许多干柴来,还砍了很多竹子,堆在洞口。他们钻进洞里,到处都是白骨,他们准备好枪支,以防突然遭到袭击。吃过晚饭,在临睡以前,他们把洞口的篝火点了起来。一阵阵的爆炸声打破了周围的沉寂!这是竹子的声音,当火焰烧到它们的时候,它们就像炮仗似的爆炸起来。任何胆大的野兽听了这一片响声也要胆寒的。

第二天日出时,他们来到了海角尽头的海岸上,仔细观察着海面,史密斯断定海上既没有一只航行的船,也没有一只遇难船的残骸,甚至用望远镜也看不见任何可疑的东西。

史佩莱建议继续探索,以便完全解决这个假定的遇险问题。他的建议得到了大家的一致赞同,事实上人人都希望解决疑团,从爪角回去就可以完成探险任务。

早上六点钟，小队出发了。为了谨慎起见，枪里都装上了子弹，托普被派到森林的边缘搜索，大家跟在它后面前进。

半岛的尾端形成一个海角，从海角的尽头算起，海岸的周围长达五英里。这一段海岸很快就搜查完毕了，甚至经过最仔细的检查也没有发现任何过去或现在有人登陆的痕迹：没有残存的东西，没有扎营的迹象，没有燃烧的灰烬，连一个脚印也没有！

他们正打算起身返回时，突然听见托普大叫，它从森林里跑出来，嘴里衔着一块满是污泥的破布。

纳布一把抢过来。这是一块很结实的布！

托普还在叫，它来回乱跑，好像要喊它的主人跟它到森林里去似的。

大家在森林里走了一程，没有发现任何有人从这儿经过的痕迹。七八分钟后，托普在大树之间的空地上停住了，他们看看周围，可是灌木丛下和大树之间什么都没有。托普叫得更响了，在一棵高大的松树下跳跃着。

原来他们用来逃难的氢气球就落在了这棵树上。

"太好了！"他们纷纷喊道。

潘克洛夫高兴得大叫起来："这些布很好！够我们用好几年呢。我们可以用它做手帕和衬衫！哈哈，史佩莱先生，这个荒岛的树上能结衬衫，你说怎么样？"

他们工作了两个钟头后，不但把带有活门、弹簧和黄铜零件的气囊拿到地上来，而且网子（也就是大量绳索）、套环和吊绳也都取下来了。气囊除了一小部分——只是下部——扯坏了以外，其他完好无缺。

因为分量相当重，需要找一辆适当的车子才能搬运，在搬运前，不能把这些东西留在露天的地方，听凭雨打风吹。他们把它一直拖到岸边，那里有一个石头洞，是不会有风雨侵入的，并且给这里取了个名字，叫作气球港。

这时黑夜降临了，当他们走到发现宝箱的遗物角时，天色已经昏黑。在这里，和在别处一样，还是找不到一点儿遇难船只的痕迹，再一次证实了史密斯以前所下的结论。

他们沿着海岸来到慈悲河口，抵达慈悲河第一个拐角时，已是子夜。这里的河面有八十英尺宽，要想渡河是很困难的，纳布和潘克洛夫各自拿着一把斧头，打算砍两棵树做成一个小木筏，就在他们奋力砍树时，赫伯特发现河中漂流着一只小船。原来是他们的平底船，本来拴船的绳子在岩石上磨断了，才会顺流而下，漂流至此。不过让他们奇怪的是，这只船竟然不前不后地被他们半路截住，早一刻钟或晚一刻钟，它就要漂流到大海里去了。

但不管怎样，他们可以渡河了，并顺利地停在了"石窟"附近的海面上。他们都迫不及待地往"花岗石皇宫"赶去，确实太累了，他们想吃顿丰盛的晚餐，再好好休息一晚上。

但当他们赶到软梯处，却发现梯子不见了……

面对消失的软梯，大家怔住了，不知所措。他们对着软梯处的石门大声吆喝着，回答他们的只是峭壁和山石间的回音，他们又侧耳倾听，企图从这些回音中听到一些不同的声音，中间好像夹杂着一种"咯咯"的笑声。夜色已经降临，大家谁都不敢贸然行动，史密斯先生建议大家今晚先在"石窟"中住下。

一线曙光刚从东方露出，大家就开始全副武装起来。来到峭壁下，他们仔细观察了一番，发现上半截的软梯还在，但下半截的软梯却被拉到齐门槛的地方去了。显然，这些侵略者想用这个方法来防止意外侵袭。

大家又喊了几声，仍然没有回应。赫伯特提议在箭上系一根绳子，然后将箭射向下半截的软梯间的空档中，这样就可以把梯子拉下来了。大家一致赞同，赫伯特拉满了弓，那支箭带着绳子直飞出去，正射在软梯的最后两档间；而史佩莱则举起枪来，把枪托抵在肩窝上，枪口对准"花岗石皇宫"的门户。

当赫伯特正打算抓住绳子把软梯拉下来的时候，突然从门缝中伸出一只手来，将拴在箭上的绳子拉了上去。潘克洛夫发现这些侵略者是一群猴子，并且有一两只猴子在窗口露出脸来，打开窗户，向房屋真正的主人做鬼脸。

潘克洛夫毫无犹豫地端起枪，瞄准了一只猴子，那只猴子从窗户坠到沙滩上，死了。

赫伯特又做了第二次尝试，并不容易，因为软梯的下半截也被他们拉进了门里。虽然也射中了，但是拴在箭上的绳子却断了。

大家决定从原来湖边的那个洞口潜入"花岗岩皇宫"里去，虽然被堵住了，但要移开还是很容易的。

但他们朝着这个方向走了还不到五十步，就听见托普怒吠起来。大家又从河堤上冲下去。

一大群猴子不知为什么突然受了惊，正打算逃走。有两三只从一个窗口往另外一个窗口爬去，灵活得像杂技演员似的。其实把梯子放回原处就很容易下来了，它们却根本没有打算这么做，大概惊慌得晕头转向，它们已经忘记可以这样逃跑了。现在这些居民们瞄准起来毫不困难，于是他们开枪射击。许多猴子死的死，伤的伤，一阵叫喊，都跌到房间里去了。其他往外冲的，跌在地上，摔得粉身碎骨，几分钟以后，居民们估计"花岗石皇宫"里一只活猴子也没有了。

这时，只见一条软梯从门槛上滑了下来，一直垂到地上。

来不及多想，大家立即爬上软梯，冲进屋子里，四处搜寻，但是空无一人。

"那么，梯子，"水手喊道，"是哪位大爷给我们送下来的呢？"

这时只听一声大喊，接着一只很大的猩猩——它原是躲在走廊里的——冲到屋子里来，纳布在后面紧紧地追赶着。

经过一番搏斗，它被捆了起来。

大家仔细端详了它。它是类人猿的一种，类人猿的孔面和澳洲、南非的土人比起来并不见得相差很远。这是一只猩猩，它既不像大猩猩那样凶猛可怕，又不像狒狒那样轻举妄动；既不像南美洲长尾猿那样肮脏，又不像北非叟猴那样暴躁，更不像犬面狒狒那样本性恶劣。类人猿中有一种类型具有许多特点，它们的智慧几乎是和人相等的，这只猩猩正是属于这一个类型。如果在家里留用的话，它们可以伺候人、扫地、洗衣服、擦皮鞋，会规规矩矩地使用刀、叉、汤匙，甚至还能喝酒……做什么事情都能和久经训练的仆人一样。

这只被捉住的猩猩个子非常大，有六英尺高，体格匀称美观，胸膛宽阔，头颅不大不小，颜面角达六十五度，脑壳圆圆的，鼻子向外突出，长着一身光亮而柔软的毛，总之，这是一只优良品种的类人猿。它的眼睛虽然比人的小一些，却露出智慧的光芒，雪白的牙齿在胡髭下闪闪发光，此外，它的下巴上还长着一小撮褐色的卷须。

大家听从了赫伯特的建议，决定把它留下来，训练为一个忠实的仆人。大家给它起了一个名字——杰普，它成了他们正式的成员住进了这个"皇宫"里。

第九章 发现达报岛

有甲板的船终于完工了,可就在试航的时候,他们发现了一只奇怪的瓶子。

晚饭时,大家决定要在慈悲河上搭建一座木桥,建立起荒岛南岸和"花岗石皇宫"之间的交通要道;然后造一个围栏,预备驯养他们打算捕捉的摩弗仑羊和其他动物。搭起桥梁以后,就可以很容易把气球运来,那时候他们就可以得到布,围栏里的动物可以供给他们兽毛,用来做冬衣穿。这两个计划可以帮助他们解决当前严重的穿衣问题。

史密斯向他的伙伴们提出一个方案,要把整个眺望岗孤立起来,使野兽和猿猴都到不了这里。这样,"花岗石皇宫"、"石窟"、家禽场和耕种用的整个上半部高地都可以免遭它们的劫掠了。高地的三面已经有水围住了,有的是人工开掘的,有的是天然的。西北方是格兰特湖岸——从甬道的入口处,直到湖岸上排水的缺口。北边从湖岸的缺口直到海边,是一条新的水道,这条水道在瀑布源头的上下两端,经过高地和岸边自己冲出一条河床来,只要把这条小河的河床稍微挖深一些,就可以把兽类隔绝在外边了,至于东部全境,从上述小河的河口到慈悲河口,则有大海作为屏障。最后,南边是慈悲河——从河口到拐角（也就是计划搭桥的地方）的一段。现在只剩下高地的西边可以通行了，这一段从河流的拐弯到格兰特湖的南角之间相隔约有一英里。可是最简便的办法还是挖一条又宽又深的沟渠，这条沟渠可以用湖水把它灌满，一旦湖水过多，就可以通过沟渠很快地流到慈悲河去。湖水骤然排出以后，湖面肯定就要降低一些了；史密斯已经证实了红河的水量相当大，足够用来实现这项计划。

"这样一来，"工程师说，"眺望岗周围都是水，就成为一个正式的岛屿了，要想和我们岛上的其他领土联系，只能通过桥，一座是我们打算搭在慈悲河上的；此外两座小桥，一座在瀑布以上，一座在瀑布以下，都已搭好了；最后我们还要建两座小桥，一座建在我计划开凿的运河上，另外一座通往慈悲河的左岸。假如这些桥能随心所欲地吊起来，眺望岗就可以安如磐石了。"

说干就干，史密斯设计好桥梁构造，分配好各自的任务，第二天，也就是11月3日，一早就开始动手了。

这座桥，在慈悲河右岸的一头是固定的，可是在左岸的一头却是活动的，可以像某些运河的吊桥一样，利用均衡锤吊起来。这项工程当然是相当艰巨的，因为慈悲河在这里宽达80英尺。必须在河床中打下一些桥桩，才能支撑桥板，为了打桩，就必须安装打桩机。桥桩应该形成两个弓架结构，使桥身能够承受重量。

11月20日，桥梁完工了。桥身的活动部分由于有均衡锤的作用，很容易悬吊，只要稍微用一些气力，就可以把它升起来，枢纽和最后一根横木（当桥落下的时候，就用它来支撑）之间相隔二十英尺，任何动物也跳不过来。

他们在高地上又开辟了第二块麦田。因为他们第一块麦田里那棵唯一的庄稼，在潘克洛夫的悉心照料之下，长得很好，结了十个麦穗，每个麦穗有八十颗麦粒，六个月的工夫他们就得到八百颗麦粒了，因为他们每年能够收获两次。这八百颗麦粒，除了拿出五十颗珍藏起来以外，都打算用来种在一片新开垦的地里，他们决定要和过去照料那个单株一样悉心照料它们。

耕地的准备工作做好以后，他们又在周围造了一道结实的栅栏，栅栏不仅很高，而且顶端都削尖了，一般的走兽是很难跳进来的。至于飞鸟，在潘克洛夫天才的设计下，用木板做了几个人体模型和发出响声的风车就可以把它们吓走。他们把这七百五十颗麦粒种在整齐的畦垅里，然后听凭大自然去摆布。

11月21日，史密斯开始设计运河工程了，这条运河将要把高地与西边分隔开来，也就是从格兰特湖的南角直到慈悲河拐弯的地方。这里的地面有两三英尺深是腐植土，下面就是花岗石了，因此必须再制造一些硝化甘油。硝化甘油照例起了作用。不到两个星期，就在高地的坚硬地面上开了一条十二英尺宽、六英尺深的沟渠。他们又用同样的方法在岩石的湖岸上开了一条沟渠，从湖里引出水来，形成一条小河，他们把这条小河命名为甘油河，成了慈悲河的支流。正如工程师事先所说的那样，湖面降低了，不过降得很少。为了把高地周围全用河流包围起来，他们把海滩上的河床适当地加宽，同时用木桩隔开泥沙。

到12月中旬，这些工程都完毕了，眺望岗——它成了一个不规则的五边形，周围将近四英里，流水像一条带子似的环绕着它——现在完全不怕盗贼的侵扰了。

12月的时候，天气正热。可是居民们还在继续工作，由于他们急于想建立一个家禽场，就立刻动起手来。家禽场占地二百平方码，在格兰特湖的东南岸。它由一道栅栏围着，里面有各种供飞鸟繁殖的窝棚。这些窝棚都是用树枝构造的，分隔成许多单间，随时可以供新来的客人居住。

头一个住进来的就是一对鹌鹑，它们不久就孵出许多小鹌鹑来；和它们住在一起的还有12只鸭子；几天后，赫伯特套住了一对鹁鸡，它们的尾毛很长，向外张开，这是一种美丽的野鸽子，但很快就被驯养了；至于塘鹅、鱼狗、大䴕，它们都是自动到家禽场的岸边来的，这个小小的集体叽叽喳喳地吵叫一番以后，也就安稳地住下来了，它们的数目增长得非常快，小队可以不愁没有食用的了。

史密斯又在家禽场的一角建立了一个鸽棚。他养了12只常到高地岩石上来的鸽子。它们很快就住熟了，每天早出晚归，比起同类的斑鸠来，它们要好养得多。

12月23日那天，一对野驴子闯进了他们的领域，被他们俘虏了。他们便利用这两只驴子将他们的气球运了回来，这样他们就不用为衣服发愁了。

这期间，他们还种下了菠菜、水芹、萝卜和芜菁。每天都可以钓到大量的鱼，还捡了很多海龟蛋。伶俐的杰普已经完全成为一个忠实的仆役。他穿着一件外套，一条白亚麻的短裤，系着一条围裙。他动作迅速，专心致志，换盆子、拿碟子、倒水，一切做得沉着而利索。

1865年很快就过去了，时间开始迈入1866年。

1月底，他们开始在荒岛的中部劳动。他们决定在红河发源地附近，富兰克林山的山脚下设一个牲畜栏，用来豢养反刍动物，因为把它们放在"花岗石皇宫"附近会发生一些麻烦，特别是他们为了取毛做冬衣的那些摩弗仑羊。

在这个夏天，白天炎热得像个火炉，晚上则吹来阵阵海风。他们总喜欢坐在眺望岗的边缘，喝着史密斯制成的啤酒，谈着他们的国家、他们的家人。他们多么渴望能有一份报纸啊，他们和自己的同胞断绝音信已有 11 个月了。

3 月 2 日那天，传来了隆隆雷声。大风从东面吹来，冰雹像一阵葡萄弹似的乒乒乓乓对着"花岗石皇宫"打来。这样的天气一直持续了一个星期，雷声一直在高空中轰鸣。

3 月 9 日，暴风雨过去了。可是在这夏季的最后一个月里，天空总是阴云密布，几乎不是下雨就是有雾。但这并没有影响他们的好心情，因为那对野驴生下了一头小母驴，羊群也翻倍地增加，他们还驯化了几只野猪，不久就有了几只猪崽儿。

史密斯还为"花岗石皇宫"做成了一个升降梯，并且制成了玻璃、压榨机。当然，大家也发生了一些变化，变得更加强壮、更加自信了。尤其是赫伯特，他长高了两英寸，他贪婪地从伙伴们身上和日常的生活中汲取知识，立志成为一个德才兼备、体魄健壮的全面发展的人才。

一天，史密斯用箱子里的仪器精确地测量了林肯岛的位置：西经 150 度 30 分，南纬 34 度 57 分。同时，他们打开太平洋区域图，发现在林肯岛西面两度半、南面两度的地方，有一个海岛——达报岛，这个岛在林肯岛东北方 150 英里的地方。

巨大的好奇心和征服心激起大家的探险欲望。他们决定造一只结实的船只，一只足以经受住大风大浪的探险船只。

4 月 15 日，他们的麦子获得了第二次丰收，这次的收成是相当可观的，他们扩大了麦田面积，又把大量的麦粒种了下去，等下次丰收时，他们就可以吃到香甜的面包了。

4月30日，史佩莱和赫伯特深入远西森林，史佩莱发现了几棵茎干又圆又直的植物，开着一簇簇葡萄似的花团，结有很小的种子，向四周散发着香气。他们进行了大量的采集，并运回晒干、切细，因为赫伯特说它是烟草，这可是潘克洛夫梦寐以求的东西。

5月3日，当纳布正在厨房做饭时，他突然看见了一只鲸鱼在海滩上搁浅了。纳布尖叫着呼唤伙伴们，大家抄起家伙就往海滩上跑去。这只鲸鱼已经死了，它的右侧插着一根鱼叉，潘克洛夫发现鱼叉上面有一行字，他清晰而又激动地读道："玛丽亚·史特拉，葡萄园。"葡萄园是他的家乡。

这只鲸鱼长达80英尺，重量不下15万磅。将鲸鱼进行切割后，史密斯选了12块鲸鱼的骨头，把它们切成大小一样的6份，并把两头都削尖了。他告诉大家它们的作用：等到天寒结冰时，把它们用水浸湿了弯过来，让它们完全冻结成冰，它们就会保持弯曲形状，然后在上面涂一层油，把它们扔在雪地里。饥饿的野兽吞下后，它胃里的热把冰融化了，骨头立刻弹直，骨尖就会把它的身子刺穿了。后来，他们用这种方法捕捉了不少狐狸、野猪，还有一只美洲豹。

造船的工程还在进行着，到月底的时候，铺板的工序完成了一半，已经看得出它的外形非常美观。潘克洛夫以无比的热情将全部精力投入工作中，而他的伙伴们正在偷偷给他准备慰问品。当他们把装好烟叶的烟斗递给潘克洛夫时，潘克洛夫的双眼一下子亮了起来，似乎饱含着泪花，颤抖着双唇说道："朋友们，总有一天我要报答你们的，我们的交情要延续一辈子！"

第九章 | 发现达报岛

6月2日，严寒开始，潘克洛夫原本打算在开春以前完成这项造船工程，但此时却不得不暂时中止。

6月底下了一场雪，整个海岛像披上了一件银白色的丝纱。30日，赫伯特打下了一只信天翁，它的腿部受了点伤。这是一只美丽的大鸟，两翅展开长达10英尺，连太平洋都飞得过去。史佩莱决定利用这只大鸟，向外界传递关于他们的信息。他写了一篇简单的报道，放在一个密不透水的口袋里，并在袋子上写了几句话，恳求捡到的人把它交给《纽约先驱报》。

随着冬天的到来，他们将工作场地转移到了"皇宫"内。托普仍时常围着井口奔跑，杰普有时也会参与进来，表现出明显的不安。8月3日，史密斯曾趁大家外出打猎的时机，自己单独一人下到井里观察，只见井里空空荡荡，周围有很多突出的尖石，且没有任何迹象表明有物体到过这里，史密斯实在没有发现任何可疑的东西。

在接下来的一个星期里，潘克洛夫在赫伯特的协助下做成了船帆。还做了一面美国国旗，用从植物中提取的染料染成了蓝、红、白三种颜色，在旗上除了代表合众国37州的光辉灿烂的37颗星外，又加上了第38颗星，以代表"林肯州"，他认为林肯岛已经归入伟大的美利坚合众国的版图了。

这期间，他们把国旗升在"花岗石皇宫"中央的窗户上，居民们向它欢呼三声，以表示敬意。

这时候，寒冷的季节即将结束，他们的第二个冬天似乎可以平安地度过了。但8月11日夜晚，他们睡觉时忘了把桥扯起来，大约100来只狐狸袭击了他们，差点儿把他们辛辛苦苦换来的劳动果实毁于一旦，他们进行了一番生死拼搏，杀死了50多只狐狸，杰普受了些伤，但很快就恢复了，在这期间他还学会了抽烟。

9月初，残冬已尽，大家又开始忙碌了。

9月15日，船的内部和甲板完全竣工。为了堵住漏缝，他们把海藻晒干，作为填絮，用锤子把它们填到木板的夹缝里。又从松林里取来大量松脂，把它们熔化后涂在上面。潘克洛夫没费多大气力，就找到了一棵适合做桅杆的树。终于，连帆架、桅柱、帆杠、圆材、桨等全做好了。经大家一致同意，他们决定做一次环岛试航。

10月10日，新船下水了。大家共同推举潘克洛夫为船长，并给船起了个名字，叫作"乘风破浪"号。

10点半钟，全体——托普和杰普也包括在内——都上了船，赫伯特把深深陷入慈悲河口沙滩的铁锚拔了起来。他们升起船帆，桅顶飘扬起林肯岛的旗帜，"乘风破浪"号由潘克洛夫驾驶着，向海洋出发了。船的性能好，行驶得非常快。潘克洛夫一心想到达报岛上去探险，但史密斯先生似乎总是有些犹豫，他认为这实际上是一种不必要的冒险。

就在这时，赫伯特发现海面上漂浮着一个瓶子，他捞起来交给了史密斯先生。史密斯先生一言不发地打开瓶塞，从里面拿出了一张已经浸湿了的纸，潘克洛夫看见上面的字后发出一阵欢呼，他终于有借口去了，因为上面写着：

"一个可怜的遇险人……达报岛：西经153度，南纬37度11分。"

第十章 第三次远征

五个人吃了一惊，眼前的这个可怕的生物原来是一个人，用恐怖的词语都难以描绘得了！

大家决定，让史密斯、纳布和史佩莱留在"花岗石皇宫"里，可是史佩莱提出了不同意见，他毕竟还没有忘记自己是《纽约先驱报》的通讯记者，他表示即使游泳过去也愿意，绝不错过这样的机会，于是他被批准参加远征了。

傍晚时，大家忙着把一切需要的东西搬到船上去，其中有铺盖、器皿、武器、弹药、指南针以及足够多的粮食。

第二天清晨五点钟，大家互相告别，彼此都有些依依不舍，这是他们15个月来第一次分开。

这天上午，"乘风破浪"号一直在林肯岛南边一带，过了不久，他们再看看海岛，海岛就好像一个绿色的篮子，高耸在海岛中央的是富兰克林山。从远处看，山冈显得并不突出，它不能吸引过往船只的注意。走了一个钟头的光景，他们已经入海，离爬虫角十海里左右了。逐渐地看不清一直伸展到富兰克林山山脊的西海岸；三个钟头以后，整个林肯岛都消失在水平线下边了。

"乘风破浪"号严格保持着驶向西南的方向，在他们行过的海面上空无一船,甚至连一只飞鸟都没有。

10月13日早晨,太阳从东方升起,阳光照耀着一两处海峡。

"这个小岛比林肯岛还要小,"赫伯特说,"大概和我们那个岛一样,也是由海底地震形成的。"

11点钟时,"乘风破浪"号离海岛不过两海里了。潘克洛夫一面寻找适合登陆的海岸,一面让船小心翼翼地在陌生的海面上继续前进。现在可以清楚地看到达报岛了,可以看见岛上丛生着一些橡皮树和其他的大树了,它们的品种都和林肯岛上的一样,令人感到诧异的是,岛上并没有一丝显示人迹的炊烟,整个海岸上,也丝毫看不出有人的迹象。"乘风破浪"号穿过礁石,驶进了曲曲折折的海峡,潘克洛夫在每一个弯曲部分都十分小心。史佩莱拿着望远镜,焦急地向海岸瞭望,然而什么也没有发现。

12点钟的时候,"乘风破浪"号的船身终于碰到陆地了。水手们抛下船锚,把帆收起来,然后登岸。他们把船牢牢地系好,以防退潮的时候被海水冲走,然后潘克洛夫和他的伙伴们全副武装,踏上了海岸,打算爬到半英里以外一座250～300英尺高的小山上去。

"站在那座小山的顶上,"史佩莱说,"我们先要看清岛的全貌,然后再搜查就方便多了。"

"史密斯先生在林肯岛做上的第一件事,就是爬上富兰克林山,"赫伯特说,"我们在这里也这么做。"

探险家们一面说,一面在一块空地上往前走,这块空地一直伸展到小山脚下。成群的野鸽和海鸥在他们周围振翅飞翔,看来都和林肯岛上的差不多。空地的左边也是一片丛林,他们听见灌木丛里有沙沙的响声,野草也在摆动,说明里面藏着什么胆小的动物;然而始终看不出岛上有人。

他们所在的这个小岛，周围不过6英里，海角、地岬、港湾和河流都很少，样子是个拉长的椭圆形。四面一直到天边都是单调的大海，看不见一片陆地，也看不见一叶孤帆。

这个树木丛生的小岛和林肯岛不同，林肯岛有的地方荒芜贫瘠，有的地方却丰饶富庶，变化很多。相反，这里到处都是绿荫，其中也有两三座小山，然而都不高。一条河流斜躺在椭圆形的海岛上，通过一大片草地，向西流入大海，入海的地方河口很窄。

在深入岛内以前，他们决定徒步环绕海岛巡视一周，这样在搜查的时候，就不会遗漏任何地方了。步行了4个钟头，把整个海岛都搜遍了，然而无论哪里都没有有人的迹象，海滩上也找不到一个人的脚印。

他们只能相信达报岛上没有人，或是现在已经没有人了，这一点是非常奇怪的。也许那张纸条是几个月甚至几年以前写的，因此遇险的人不是已经返回祖国，就是悲惨地死去了。

许多动物一看见他们都四散逃跑，其中主要是山羊和猪，一看就知道它们是欧洲种。毫无疑问，曾经有捕鲸船到过这里，这些猪、羊就是捕鲸船留下，然后在岛上繁殖起来的。赫伯特决定活捉一两只带回林肯岛去。

现在已经可以肯定这个小岛曾经有人来过。更充分的证据是：森林里的道路好像被践踏过，树木有很多被斧头砍倒，到处都有人类双手劳动的遗迹；然而树木都是多年以前砍倒的，已经腐朽了，木头上被斧头砍过的地方长满了绒状的青苔，而且道路上丛生很深的荒草，很难找到树桩。

在林间的空地上，显然曾经种过食用的蔬菜，论时间大概也是在很久以前。特别使赫伯特高兴的是，他发现了许多马铃薯、菊苣、酸模、胡萝卜、白菜和芜菁，只要搜集一些它们的种子，就可以拿到林肯岛的土地上去播种了。

"我们回船去吧，明天再重新开始。"史佩莱说。

这个提议不错，他们正打算回去，突然赫伯特指着树木间的一团黑影叫道："一所房子！"

三个人立刻一起向房子跑去。在苍茫的暮色中，勉强能看出这是个用木板钉成的房子，上面盖着一层厚厚的防雨布。潘克洛夫一个箭步冲过去，推开了半掩的门。

房子是空的！

潘克洛夫大喊了几声。没有回答。

水手点着了一根小树枝。一会儿，树枝照亮了这个小房间，里面有一个粗陋的壁炉，炉里有一些残灰，上面放着一抱干柴，潘克洛夫把燃烧的树枝扔上去，木柴就噼噼啪啪地燃烧起来了。

这时，水手和他的两个伙伴才发现房里有一张零乱的床铺，潮湿、发黄的被单可以说明很久没有使用了。壁炉的一角放着两把已经生锈的水壶和一只铁锅。碗柜里放着几件水手的衣服，都已经发了霉；桌上有一个锡饭具，还有一本《圣经》，已经受潮腐蚀了；墙角有几件工具，有一把铲子、一把鹤嘴锄和两支猎枪，一支猎枪已经损坏，在一个用木板做的架子上，放着一桶还没有动用过的火药、一桶枪弹和几匣雷管，所有这些东西都蒙着厚厚的尘土。

他们很确定这里没有人，并且是已经很长时间没有住过人了，他们决定今天晚上就在这里过夜了。关上门后，潘克洛夫、赫伯特和史佩莱就在凳子上坐了下来，他们话谈得很少，然而想得却很多。他们幻想着各种各样的事情，也等待着这些事情出现。他们急切地想听到外面的响动。可能突然有人推门进来，在他们的面前一站；虽然这所房屋完全像是被遗弃了似的，但是如果有上述的情况发生，他们还是丝毫不会感到惊讶：他们随时准备和这个陌生的遇险友人握手，他们正在等待着他。

但是，没有人声，门也没有打开。时间就这样过去了。

这一夜对水手和他的伙伴们说来，是多么漫长啊！只有赫伯特睡了两个钟头，因为他的年龄，正是需要睡眠的时候，他们三个人都急着想继续昨天的探险，急着要搜索小岛上最隐蔽的角落！潘克洛夫的推论是完全合理的，房屋被遗弃，而工具、器皿和武器却还留在这里，因此几乎可以肯定，房主人已经死了。于是大家同意去找他的尸体，至少要给他举行基督教徒的丧葬仪式。

天亮了，潘克洛夫和他的伙伴们立刻开始察看这所房子。这所房屋盖在一个非常适宜的地方，它在一座小山的背后，有五六棵美丽的橡胶树覆盖着它。房屋的前面是树林，中间有一块用斧头开辟出来的宽敞的空地，因此从房屋里可以一直望见大海。

这一小片空地四面围着一排东倒西歪的木栅栏，空地一直延伸到海边，海岸的左边就是河口。房屋是用木板盖的，一看就知道，这些木板原来是一只船的船壳和甲板。大概这只破船漂流到小岛的海岸上，至少有一个水手登上了这个小岛，他就用手头的工具，利用难船的残骸盖成这所房屋。

史佩莱在屋子里踱了一会儿，在一块木板上看见几个已经模糊不清的字迹，这块木板大概原来是难船的外壳，上面写着：

"不……颠……"

"不列颠尼亚,"潘克洛夫被史佩莱喊来后一看,喊道,"这一般是船的名字,不过我没法肯定它是英国船还是美国船!"

"这倒没有什么关系,潘克洛夫!"

"不错,"潘克洛夫说,"如果船上脱险的水手还活着,不管他是哪一国人,我们都要救他。可是在重新搜查以前,我们还是先回'乘风破浪'号一趟。"潘克洛夫下意识地对他的船放心不下。也许岛上真的有人,也许有人占了……可是他又想到这种假定一点儿根据也没有,就耸了耸肩。不管怎么样,水手还是愿意回船去吃早饭的。

离开房屋二十分钟后,潘克洛夫和他的伙伴来到了小岛的东岸,只见"乘风破浪"号还好好地停在那儿,船锚深深地陷在沙滩里。

他们决定第二天早上天一亮就返回,把遇难人的武器、工具和其他器皿带走,而且还决定捉一两对猪和收集一些蔬菜种子带回去。

赫伯特向生长着农作物的地方走去,史佩莱和潘克洛夫则走向丛林。

就在史佩莱和潘克洛夫刚捉住一对猪时,忽然传来一阵声嘶力竭的尖叫声,听起来好像是遇到了相当可怕的东西,是赫伯特的声音。顾不上那对猪,两人就竭尽全力地跑过去。

只见赫伯特被一个野人按倒在一块空地上,这个野人看起来像是一只巨大的人猿,正打算伤害赫伯特。潘克洛夫和史佩莱马上向这个怪物扑过去,把他反过来按倒在地上,从他手里救出赫伯特,然后把他牢牢地绑起来。

潘克洛夫和史佩莱仔细看了一下躺在地上的怪物。他不是人猿,而是一个野人。可是这个人的样子多么凶恶呀!这是一个可怕得难以形容的野人，尤其令人毛骨悚然的是，他似乎已经残暴到完全丧失人性了！

乱蓬蓬的头发，一直垂到胸前的胡须，赤身裸体，仅仅在腰间围了一块破布，野性未驯的眼睛，一双指甲极长的大手，颜色和红木一般的皮肤，硬得和牛角似的双脚——这就是这个怪东西的形象，然而他毕竟还是一个人。

可是在他的躯体内，究竟是人类的心灵多一些，还是动物的兽性更多一些？

即使这个遇险的人曾经是文明人，肯定地说，孤独的生活也已经使他变成了一个野人，更糟的是，也许使他变成一个人猿。他紧咬着牙，喉咙里发出沙哑的声音，牙齿非常锐利，和野兽用来吃生肉的利齿一样。他一定早就丧失了记忆，很久以来，他已忘记了怎样使用枪械和工具，连火也不会生了！看得出来他非常灵活敏捷，然而体力的发达却引起智力退化。史佩莱和他说了几句话。他好像不懂，甚至好像根本没有听。然而通讯记者从他的眼睛里看得出来，他似乎并没有完全丧失理智。

史佩莱建议把这个不幸的人带到小屋里去。也许看见他自己的东西，他会有所感悟的！也许星星之火可以照亮他那陷于混沌的智慧，可以使他麻木了的灵魂复苏。

房屋并不远。几分钟后，他们就走到了，然而俘虏什么也不记得，似乎对任何东西都失去感觉了。这个可怜的人初来的时候也许还有理性，大概是经过在小岛上长期困守，孤独才把他变成现在这样的。除此以外，他们再也没法想象他怎么会退化到这么野蛮的程度了。

通讯记者又想到，让他看看火光，也许会产生一些效果。片刻以后，炉膛里就燃起了一堆熊熊的烈火，这种美丽的火焰，往往连野兽也会被吸引过来。起初，炉火似乎引起了这个不幸的人的注意，可是他随即转过身去，眼睛里智慧的光芒也消失了。显然，目前没有别的办法可想，只有把他带到"乘风破浪"号上去。

大家都上了船，只等早上涨潮，"乘风破浪"号就要起锚开船了。

俘虏被放在前舱，他一言不发地待在那里，非常安静，像个聋子或是哑巴似的。潘克洛夫递了一些熟肉给他吃，被他一手推开了，毫无疑问，这些东西不合他的胃口。可是他一看见潘克洛夫在他面前抓来一只鸭子——那是赫伯特打来的——就像野兽似的抓过去，狼吞虎咽地把它吃下去了。

第一天，航行中没有发生任何事故。俘虏安静地待在前舱。他曾经是个水手，也许船身的颠簸会引起他良好的反应，让他回忆起过去的职业来。然而他始终安安静静地待在那里，看样子他不感觉郁闷，只是有些惊讶。

第二天风势更强，北风愈来愈大，结果使"乘风破浪"号掌握不住正确方向。潘克洛夫只好抢风而行，海浪一再地打到船头上来，他虽然一句话也没有说，但是对海里的情况却感到有些不安。如果风势不缓和下来，肯定地说，回林肯岛的时间就要比来达报岛的时间长了。

果然，"乘风破浪"号在海里航行了两天两夜，到17日的清晨，还是看不见林肯岛的影子。由于航行的速度时快时慢，因此，既不能估计出已经走了多远，又不能知道准确的方向。

又过了二十四小时，还是看不见陆地。狂风迎面刮来，海上波涛汹涌。船上的帆篷紧缩着,他们不时地变换方向。18日那天,一个大浪整个冲着"乘风破浪"号盖下来,要不是水手们预先把自己绑在甲板上,他们就要被海浪卷走了。潘克洛夫和他的伙伴们正在忙着解开自己身上的束缚,出乎意料地,这时候俘虏竟来帮助他们,他似乎突然恢复了水手的本能,从舱里跑出来,用一根圆木打穿了一块舷壁,使甲板上的水往外流去。等船里的水流完以后,他又不言不语地走到自己的地方去。潘克洛夫、史佩莱和赫伯特非常惊讶地看着他工作。他们的处境的确是危险的,水手非常担忧,而且这种担忧并不是毫无理由的,他们深怕在大海中迷失了方向,再也不可能找到原路了。

夜晚非常昏暗和寒冷。直到十一点钟的时候,风势才减弱,大海也平静了。由于船身不再那样颠簸,速度大大地加快了。

潘克洛夫、史佩莱和赫伯特都不想睡。他们小心翼翼地守望着。摆在他们面前的有两种可能,不是离林肯岛不远,破晓的时候就可以看见它;就是"乘风破浪"号被海流冲到极远的地方,再也回不到正确的航线上去了。潘克洛夫向来是乐观的,这时他虽然心里很烦躁,却并没有失望。他紧紧握着舵柄,恨不得一下子穿透周围的黑暗。

早上两点钟的时候,他忽然跳起来,大声喊道:

"光!光!"

果然,在东北二十海里以外的地方,有一点儿亮光,林肯岛就在那里,显然这是史密斯燃起的野火,给他们指点着航行的方向。潘克洛夫的航线过于偏北了,于是他掉过头来,直向有光的地方驶去。火光在水平线上燃烧,像颗一等星似的,明亮地照耀着。

第二天是10月20日,"乘风破浪"号航行了四天,终于在这天早上七点钟,慢慢地向慈悲河口的沙滩驶来了。

第十一章

陌生人在长时间的沉默之后，终于开始讲述自己的故事……

史密斯和纳布对伙伴们的迟迟不归感到非常不安，天一亮他们就爬上了眺望岗，最后终于看见这只误期的船了。

史佩莱把探险的全部经过和搜查时的各种情况都告诉了史密斯，岛上唯一的房屋怎样长期被遗弃着没人住，怎样捉住了这个已不像人的野人。史密斯很奇怪一个人仅仅几个月就变得这么野蛮，因为他发现那张字条是最近才写的。

"也可能是这个人一个已经死了的伙伴写的。"史佩莱说。

"那是不可能的，亲爱的史佩莱。"史密斯一口就否定了这种观点。

"为什么？"史佩莱问道。

"如果是那样的话，纸条上就会提到有两个遇险的人了。"史密斯答道，"可是它只提到一个人。"

然后赫伯特简单地叙述了旅途中发生的事情，他详细地谈到在风暴正激烈的时候，俘虏突然变成水手的奇事，这说明他脑子里可能闪过什么念头。

他们把达报岛上的遇险人从"乘风破浪"号的前舱里带了出来，

史密斯对他十分同情，而纳布则非常惊奇，刚上岸来，遇险人就表现出要逃跑的意图。

史密斯走过去，把一只手搁在他的肩膀上，样子显得非常威严，同时又以无限仁慈的目光看着他。这个可怜的人被史密斯的真诚感动，马上就顺从了，他逐渐安静下来，垂着眼睛，低下头，不再抗拒了。

"可怜的人！"史密斯喃喃地说。

史密斯长久地注视着他。单从外表来看，这个可怜的人已完全不像个人了，然而史密斯发现他的眼睛里有一线不能用言语形容的智慧之光。从浓密的胡须和纠结的头发里，工程师还能隐约认出盎格鲁一萨克逊人的特征。

吃完早饭，史密斯和他的伙伴们忙着把"乘风破浪"号上的东西搬下来，史密斯把武器和工具仔细地看了一遍，但是在任何东西上也找不到能证明陌生人身份的痕迹。

接着，潘克洛夫将"乘风破浪"号驶进了气球港，把它停泊在那里，他认为气球港是最合适的港口。

而对于那个野人，他们还是抱有很大希望的。因为他已经放弃茹毛饮血的做法。史密斯趁他睡着时，给他剪短了头发和乱蓬蓬的胡子，这些须发像鬃毛似的，使他的相貌显得更加野蛮。他那遮身的破布也换成比较合适的衣服了。在大家的照料下，野人初步恢复了人的模样，连他的眼睛也显得比较温和了。肯定地说，过去他脸上罩着智慧的光芒时，一定是相当漂亮的。

10月30日这天，这个野人被带到慈悲河口，大家爬上河的左岸，来到眺望岗上。这里是森林的边缘，树木非常美丽，微风吹过，树叶微微有些摆动，他们来到这里，陌生人深深地吸了一口气，似乎贪婪地吸着大气里扑鼻的芬芳。这个可怜的人打算跳到他和森林之间的河流里去，一刹那间，他一蹲身，好像要纵身跳下去似的，可是几乎立刻又退了回来，在昏昏沉沉的状况中，一大颗泪珠从他的眼睛里掉下来了。

大家退到不远的地方，让他独自在高地上待着，使他感到自由；然而他并没有打算利用这种自由，过了一会儿，史密斯就把他带回"花岗石皇宫"。又过了两天，陌生人似乎逐渐愿意和大家共同生活在一起了。肯定地说，他在听别人说话，而且听得懂，然而奇怪的是，他坚决不和移民们说话，因为有一天傍晚，潘克洛夫在他的房门口听见他在自言自语：

"不！在这儿！我！绝不！"

陌生人开始使用工具，在菜园里干活儿了。他在歇着的时候，总是独自待在一旁。如果有人走到他的眼前，他就会倒退几步，胸前起伏不停地喘着气，好像挑着重担子似的！

又过了几天，那是11月3日，陌生人正在高地上干活儿，忽然停了下来，手里的铁铲也掉在地上了；史密斯离他不远看着他，他又流起泪来。同情心促使他向这个不幸的人走去，他轻轻地碰了一下陌生人的胳膊。

"朋友！"史密斯说道。

陌生人想避开他的眼睛，史密斯去握他的手，他很快地缩回去了。

"朋友，"史密斯坚定地说，"我希望你能看我一眼！"

陌生人看着史密斯，好像铁片被磁石吸住似的，他本想逃跑，可是这时候他的眼睛竟闪耀着亮光，许多话争着要从他的嘴里迸出来。他再也控制不住自己了……终于，他两手交叉，用沉重的嗓音向史密斯问道：

"你们是谁？"

"我们都是你的朋友。"史密斯深情地说。

"朋友……我的朋友！"陌生人双手捂着脸叫道，"不……绝不……离开我！离开我……"

陌生人在海岸上独自待了两个钟头，他一定是在回忆过去——这一生无疑是悲惨的——大家的眼睛始终没有离开他，然而也没有打扰他。两个钟头以后，他似乎下定了决心，终于来找史密斯了。他哭得两眼通红，但是这时候已经不再流泪。他的表情极度谦卑，他显得焦急、腼腆，眼睛始终没有离开地面。

"先生，"他对史密斯说，"你和你的伙伴们是英国人吗？"

"不，"史密斯答道，"我们是美国人。你呢，我的朋友？"

"英国人。"他急忙答道。

说完后，就退到海滩上，在瀑布和慈悲河口之间十分不安地走来走去。走过赫伯特身边时，他突然站住脚，压低了嗓子问道：

"几月了？"

"11月。"赫伯特回答说。

"哪一年？"

"1866年。"

"12年，12年了！"他叫道。

大家对瓶子里的字条一直耿耿于怀，这个人在达报岛上已经12年了，成为野人肯定也有几年了。他们可以确定，那张纸条是最近才写的，纸条上还准确写着达报岛的经纬度，可见写这张纸条的人具有相当丰富的水文学知识。

接着一连几天，陌生人一句话也不说，也没有离开高地的周围。

他不断地干活儿，一刻也不停，一分钟也不休息，不过总是在僻静的地方自己干。

那是 11 月 10 日，晚上八点钟，天快黑时，陌生人突然到居民们的面前来了，他的眼睛发出异样的光芒，他又完全恢复了以往的野蛮状态。

他断断续续地说："我为什么要到这儿来……你们有什么权力硬要我离开我的小岛……你们知道我是谁，我为什么一个人在那儿？谁告诉你们我不是被遗弃在那儿，而是被判决要老死在那儿的……你们怎么知道我过去没有偷盗、杀人，怎么知道我不是一个恶棍——一个该死的东西——只配远远地离开人类，像野兽似的生活着呢？说！你们知道吗？"

大家静静地倾听着，没有打断他的话，这些断断续续的自白，好像是不由自主地迸出来似的。史密斯向他走去，打算安慰他几句，可是他急忙倒退几步。

那个野人失踪了。

大家对他非常担心，曾多次试图找到他，但都不见他的踪迹。其间，让大家欣喜若狂的是他们的麦子获得了第三次丰收，他们终于可以吃到面包了。

12 月 3 日，赫伯特到湖的南岸钓鱼时，一只凶猛的美洲豹出现在他面前。万分紧急之时，一个矫健的身影跳了出来，握着一把刀子和美洲豹搏斗。他一手掐住美洲豹的喉咙，另一只手则攥住刀子一下捅进了美洲豹的心脏。是那个野人，赫伯特把他带了回来。

野人还是单干，他恢复了往常的生活，睡觉就在高地的大树底下。

突然有一天，野人向史密斯请求住在牲畜栏中。史密斯把他的提议告诉了伙伴们，大家一致同意在牲畜栏里盖一所木头房子，他们要把它盖得尽量舒适。当天，大家就带着必要的工具一齐到牲畜栏去，不到一个星期，房屋已经落成，这所房子离兽棚大约 20 英尺，还制造了一些家具：一张床、一张桌子、一条板凳、一只碗柜和一只箱子，又拿了一支枪、一些弹药和工具到牲畜栏里去。

12 月 20 日，牲畜栏里全部收拾好了。工程师告诉野人他无论什么时候搬都可以，陌生人答应说当天晚上就到那里去睡。

傍晚，当大家在会议室谈话时，听见有人轻轻地敲门，那个可怜的野人进来了，他没有什么开场白，张嘴就说："诸位先生，在我离开你们以前，你们应该知道我的历史。我告诉你们吧。"

他站在角落一个光线微弱的地方，两手交叉在胸前，用一种嘶哑的嗓音讲起来，在讲的过程中，他的听众一次也没有打断他。以下就是他的故事：

"1854 年 12 月 20 日，苏格兰贵族格里那凡爵士的游船邓肯号停泊在澳大利亚西海岸南纬 37 度的百奴衣角。游船上有格里那凡爵士和他的夫人、一个英国陆军少校、一个法国地理学家、一个女孩子和一个男孩子。这两个孩子是格兰特船长的儿女，一年前格兰特和他的水手们随着不列颠尼亚号一起失踪了。邓肯号的船长是约翰·孟格尔，船上一共有十五个水手。

"六个月以前，邓肯号上的人在爱尔兰海捡到一个瓶子，里面装着一张纸条，纸上写着英文、德文和法文。大意说，不列颠尼亚号遇险后，有三个人活下来，那就是格兰特船长和他的两个水手，这三个人流落在一个海岛上，纸条上注明着海岛的纬度，然而写着经度的地方却被海水侵蚀了，已经认不出来。

"这个纬度是南纬 37 度 11 分，虽然不知道经度，可是只要不管大陆或海洋，一直沿着37度纬线前进，最后一定能够找到格兰特船长和他的两个伙伴所在的地方的。格里那凡爵士决定要尽一切力量把船长找回来，爵士的全家和格兰特船长的儿女准备乘'邓肯'号远航。'邓肯'号离开格拉斯哥，向大西洋进发，经过麦哲伦海峡，进入太平洋，一直来到巴塔戈尼亚。

"'邓肯'号的旅客在巴塔戈尼亚的西岸登陆，然后游船开到东岸的哥连德角去等他们上船。格里那凡爵士沿着37度纬线横穿巴塔戈尼亚，一路并没有发现船长的踪迹。于是又在11月13日回到船上，以便横渡大西洋，继续寻找。

"'邓肯'号一路经过透利斯探达昆雅群岛和阿姆斯特丹群岛，但是都没有找到，在1854年12月20日那天，我已经说过，它到达了澳大利亚的百奴衣角。

"格里那凡爵士打算像横穿美洲一样穿过澳洲，于是他登了陆。离海岸几英里的地方，有一个爱尔兰人的农场，农场主人殷勤地招待了旅客。格里那凡爵士向爱尔兰人说明了来意，并且问他，在一年多以前，是不是曾经有一只叫作'不列颠尼亚'号的三桅船在澳大利亚的西海岸一带沉没。

"爱尔兰人从来也没有听说过沉船的事情；然而，没想到他的仆人中突然有一个人走上前来说：'阁下，谢天谢地！如果格兰特船长的船上还有人活着，那么他一定就在澳大利亚一带。'

"'你是谁？'格里那凡爵士问道。

"'和您一样，阁下，也是苏格兰人，'仆人说，'我是格兰特船长手下的一个水手——'不列颠尼亚'号船上的遇险人。'

"这个人名叫艾尔通。不错，他是'不列颠尼亚'号的水手。可就在触礁时，他和格兰特船长失散了，直到当时，他始终以为船长和所有的水手都死了；自己是'不列颠尼亚'号唯一侥幸脱险的人。

"'不过，'他接着说，'沉船的地方不是澳大利亚的西岸，而是东岸，如果像纸条上所说的那样，格兰特船长确实还活着，那么他一定已经被当地的土人俘虏了！我们应该到东岸去找他。'

"这个人说话直率，看样子他很有把握：他的话似乎是不会错的。爱尔兰人雇用他一年多了，也证明他忠实可靠。因此，格里那凡爵士相信他是诚实人，就按照他的意见，决定沿着37度线，横穿澳大利亚。格里那凡爵士和他的夫人、两个孩子、陆军少校、法国地理学家、孟格尔船长和几个水手组成一个小队，由艾尔通做向导出发了；'邓肯'号由大副汤姆·奥斯丁率领着，驶往墨尔本，在那里听候格里那凡爵士的调度。

"他们出发的那天，是1854年12月23日。应该说明，艾尔通是一个叛徒，不错，他曾是'不列颠尼亚'号的水手长，可是由于他和船长发生过争执，就企图煽动水手叛变，把船抢过来，因此在1852年4月8日，格兰特把他丢在澳大利亚的西海岸上，自己开船走了。按照海上的规矩，这样做是正确的。

"这恶棍根本不知道'不列颠尼亚'号遇险的事。自从被抛弃后，他便化名彭·觉斯，当了一群逃犯的头子。他一口咬定船是在东岸遇险的，目的是要把格里那凡爵士引到那儿去，然后抢走'邓肯'号，用这只游船在太平洋上做海盗。"

陌生人说到这里，停了一会儿。他的嗓音有些颤抖，又继续说下去：

"小队开始做横贯澳大利亚的远征了。让彭·觉斯（也就是艾尔通）做向导，他们是非倒霉不可的。他事先串通好犯人，让犯人有时在前，有时在后。这时，'邓肯'号已被打发到墨尔本修理去了。犯人们必须使格里那凡爵士命令游船离开墨尔本到澳大利亚的东岸去，因为在那里劫船非常容易。艾尔通把小队带到离东岸不远的地方，进入一片大森林，爵士在这里进退两难，毫无办法，于是准备让艾尔通给邓肯号的大副送一封信，信上命令游船立刻驶到东岸的吐福湾，因为远征队几天后就可以走到那里。艾尔通正打算在那里和他的党羽会合。按他的计划，只要邓肯号开进吐福湾，让罪犯们毫不费力地把船抢过来，把船上的人杀光，然后彭·觉斯就可以在海上称雄了……然而老天爷没有让他实现这些可怕的阴谋。

"艾尔通到达墨尔本后，把信交给大副汤姆·奥斯丁，大副看了信立刻就起航了。可是第二天艾尔通发现大副没有向澳大利亚东岸的吐福湾出发，却向新西兰的东岸航行。你们想，艾尔通该是多么恼恨和失望啊！他想拦住大副，可是奥斯丁把信给他看——信上写的是新西兰的东岸——原来法国地理学家把目的地写错了，真是万幸。

"艾尔通的全部计划都化为泡影了！他气急败坏，简直就要发疯了，大副察觉到了他的阴谋，给他戴上手铐脚镣。他就这样被带到新西兰的海岸，他的党羽和格里那凡爵士的下落怎样完全不知道。

"邓肯号在新西兰的海岸一直等到3月3日，那天艾尔通听见炮声。原来是邓肯号开的炮，一会儿，格里那凡爵士和他的伙伴们就到船上来了。

"格里那凡爵士克服了重重困难，终于走完全程，到了澳大利亚东岸的吐福湾。他打了一个电报，告诉墨尔本：'邓肯'号不在此地！回电是：邓肯号于本月18日起航。目的地不详。

"然而，格里那凡爵士并没有因此放弃寻找格兰特船长的意图。他是一个勇敢而慷慨的人。他搭上一只商船，向新西兰的西岸驶去，然后沿着37度纬线，横穿新西兰，结果还是没有发现格兰特船长的踪迹。可是出乎他意料——可以说是天意安排的，他竟在东岸找到了'邓肯'号，大副指挥着它，已经在那里等了他五个星期了！

"这一天是 1855 年 3 月 3 日。格里那凡爵士上了'邓肯'号！艾尔通也在船上。爵士把他喊来，要这个恶棍谈出他所知道的关于格兰特船长的全部情况。艾尔通不肯说。于是格里那凡爵士对他说，在下一次靠岸以后，立刻就要把他交给当地的英国官方。艾尔通还是一言不发。格里那凡爵士夫人用真情感化了这个恶棍，艾尔通答应说出他所了解的情况，但是他向格里那凡爵士提出一个条件，那就是，把他留在太平洋的任何一个岛屿上，不要把他交给英国警方。格里那凡爵士答应他了。于是艾尔通叙述了自己的一生，当然，从格兰特船长把他留在澳大利亚海岸的那天起，以后的情况他完全不知道。

"'邓肯'号继续航行，不久来到达报岛。他们打算让艾尔通在这里登岸，也就是在这里——正好是 37 度线——他们找到了格兰特船长和另外两个水手。

"于是罪犯就到这个荒凉的小岛上去代替这三个人。当他离开游船时，格里那凡爵士说：'艾尔通，这里离任何陆地都很远，不能和人类取得联系。"邓肯"号把你留在这个小岛上，你是没法逃跑的。你将要一个人留在这里，至于你的心里在想些什么，上天会知道的。你不会失踪，也不会被人们遗忘，正好像格兰特船长一样。虽然你不值得让人们怀念，然而人们会怀念你的。'

"'邓肯'号扬起了帆，很快就不见了。那天是 1855 年 3 月 18 日。

"艾尔通孤零零地住在岛上，可是他并不缺少火药、武器、工具和种子。格兰特船长在岛上盖了一所房屋，他可以自由使用。他只需要住下来，在寂寞中赎清自己过去的罪行。他对自己说，等到有一天人们来接他离开小岛时,他一定要问心无愧地回到人群里去!这个不幸的人受尽无数的折磨!他辛勤地劳动,重新改造自己!他成天祷告,悔过自新!两年、三年,时间就这样过去了。艾尔通在孤独之中,变得极其谦恭,他长久地期待着水平线上的来船,问自己赎罪的期限是不是快要到了,他吃尽了人们所没有尝过的苦难:啊!对于一颗在忏悔中煎熬的心来说,孤独是多么可怕啊!

"可是,上天一定以为给这个不幸的人的处分还不够,自己竟慢慢变成一个野人了!他不知道是不是在独自生活了两三年以后转变的,可是他最后终于变成了你们所找到的那个可怜的家伙!我不说你们也知道了,先生,我就是艾尔通——彭·觉斯。"

史密斯和他的伙伴们听完以后,站起身来。他们的激动是无法形容的,都纷纷安慰艾尔通,并强烈要求艾尔通加入他们。

"史密斯先生,再让我独自待一个时期,"艾尔通回答说,"让我一个人住在牲畜栏的房子里吧!"

"随你的便,艾尔通。"史密斯说。

艾尔通正打算退出去,工程师又问了他一个问题:"再说一句话,朋友。既然你自己愿意过孤独的生活,那你为什么又要把纸条扔在海里,让我们按照地点去找呢?"

"纸条?"艾尔通重复着,他似乎不懂得这是什么意思。

"是的,我们捞到一个瓶子,里面有一张纸条,上面写着达报岛的位置!"

艾尔通摇了下头,想了一会儿,然后说:"我从没有把什么纸条扔在海里!"

"从来也没有吗?"潘克洛夫叫道。

"从来也没有!"

然后艾尔通鞠了一躬,走到门口,和大家分别了。

第十二章 和"飞快"号上的海盗作战

海盗船一步步驶向了海岛,移民们将用什么方式来抵抗呢?

第二天,12月21日,移民们下到海滩,爬上高地,发现艾尔通并不在那里。他回到牲畜栏的时候,已经是深夜了,移民们认为最好还是不要去打扰他。

时间进入1867年1月,大家辛勤地工作着。接连好几天,赫伯特和史佩莱到牲畜栏那边去打猎,他们告诉大家,艾尔通已经在为他专门准备的房子里住下来。他成天忙着照料托付给他的羊群,这样一来,大家就不需要经常到牲畜栏去了。然而,为了不让艾尔通感到寂寞,大家还是经常去探望他。

为了使"花岗石皇宫"和牲畜栏能随时取得联系,聪明的史密斯先生再次利用岛上的资源,在两地安装上电报装置。

2月12日,一切都准备停当,史密斯发了一个电

艾尔通用辛勤的工作表达着他的忏悔和感激。

报，问牲畜栏是不是一切都很好，不一会儿工夫，就收到了艾尔通的回电。从此以后，每天早晨和晚上，史密斯先生都会发电报给牲畜栏，并且每一次都能得到回电。

虽然有了电报联系，但史密斯还是每星期都去牲畜栏看望艾尔通，艾尔通有时也会到"花岗石皇宫"里来，每次来的时候，他都能得到大家热情的招待。

> 艾尔通所经受的十二年的苦难已经使大家原谅了他，并把他当成了朋友。

随着3月份的到来，夏天终于过去了。下雨的时候多起来了，然而天气还是很热。这里的3月份相当于北半球的9月份。

3月21日清晨，"花岗石皇宫"下的整个海滩都是白茫茫的一片。最初，惊讶的人们以为是下起了雪。后来，机敏的杰普奔向海滩，才发现原来是大群的海鸥。成千上万的海鸥栖息在小岛和海滩上，它们的羽毛白得刺眼。当它们飞起消失在远处时，大家还呆呆地望了许久。

> 整整两年时间过去了，令大家更为怀念苦难中的祖国。

几天后，就是3月26日了。两年前的今天，他们从高空飘落到林肯岛上。两年间，大家从来没有和同胞有过任何联系，他们没有得到过文明世界的消息，他们流落在这荒岛上，就好像流落在别的小行星上似的！他们离开家乡的时候，国土正由于内战而四分五裂！对他们来说，这是最痛心的事情。然而他们一点儿也不怀疑，北军为美利坚合众国的荣誉而斗争的事业最后一定会取得胜利。

第十二章 | 和"飞快"号上的海盗作战

两年来，没有一只船曾开到海岛的视线范围里，至少他们从来没有见过一叶孤帆。显然，林肯岛不在通常的航线内，而且也没有人知道有这样一个岛——这一点，已经从地图上得到证明了——要不然，虽然这里没有港口，船只也可能会来补充淡水。现在一眼望去，周围的海上什么也没有，他们只好依靠自己，想法子返回故乡。

然而，得救的机会还是有的，在4月的第一周，有一天他们在"花岗石皇宫"的餐厅里讨论起来。

"肯定地说，我们只有一个办法，"史佩莱说，"只有这个办法可以离开林肯岛，那就是造一只能够航行几百海里的大船。既然小船造得成，大船也一定行！"

> 对祖国的怀念使他们回去的信心一丝也没有消失。

"还有一点，"史密斯说，"格里那凡爵士曾经答应过艾尔通，等到他认为艾尔通赎清罪恶的时候，他就来接他离开达报岛，我相信格里那凡爵士会来的。"

史密斯的话提醒了大家，大家决定再去一次达报岛，在小木屋里留一张纸条，写明林肯岛的位置。然而，天气已经太冷了，现在不能去，只有等到明年春天再去，他们相信格里那凡爵士也绝不会选择冬天到这一带航行。

大家都忙着工作，为第三个冬天做准备。同时，大家也一致同意，在暴风雨来临之前，利用"乘风破浪"号做一次环岛航行。

4月17日天一亮，他们就登上船出发了。

潘克洛夫抬头仔细观察了天空中的云，然后大声说道："恐怕要刮猛烈的西风了！史密斯先生，你说要是再有一座灯塔该多好啊，就像那次我们从达报岛回来时你们燃起的火焰，这样我们在海上就永远不会迷路了。"

"我们燃起的火焰？"史密斯心中一惊，"我们那时一直待在屋子里替你们担心呢，根本没有出门。"

> 这个神秘的岛又给大家留下了一个疑团。

听了这话，大家都沉默不语了。

晚上，大家吃过晚饭，在会议室又开始谈起了这几次神秘的事件。从史密斯先生的得救，到托普的报信，瓶子里的小纸条，还有那个装满了各种器具的大箱子，再到平底船正好磨断绳子漂到他们身边，还有软梯是不是杰普扔出的，当然还说到了去年10月19日夜间海滩上的那堆火。

他们不得不承认，这里面存在着许多解不开的秘密。每当林肯岛遇到紧急事件时，都会有一种不可思议的力量在起作用。

> 难道真的是一种人类未知的神秘力量总是在关键时刻帮助他们？

"等严冬过去后，我们再把这个小岛好好考察一下，我们一定会搞明白的！"潘克洛夫握紧拳头说，"大家也没必要太担心，这股神秘的力量在帮助我们。"

他们就在漫长的等待中度过了三个月的冬季。

10月17日下午3点，天气非常晴朗，赫伯特一时兴起，拿着相机拍了一张联合湾的风景照片。等洗出来时，他发现照片的中间有一个黑点。他拿着给史密斯先生看，史密斯仔细看了一番，突然抓起一个望远镜冲到窗口。

没错，是一只船！就在距离林肯岛不远的地方！

史密斯马上把大家召集在一块儿，当然，把艾尔通也叫上了。潘克洛夫接过望远镜，对准了那只船。可以看出它的载重在三四百吨，船身非常狭窄，船帆齐整，船体精巧。可以肯定，这是一只航海的快船。

艾尔通又拿起望远镜，仔细地观察了一会儿，不禁大叫："那是一面黑旗！啊，是海盗的旗号！"

史密斯马上布置防守任务，把枪支弹药备足，防止突如其来的袭击。他们决定誓死保卫林肯岛，大家伸出手来，紧紧地握在了一起。

黑夜来临了，新月已经消失，黑暗笼罩着荒岛和海面，船上的灯火已经完全熄灭，那只船在海岸处抛锚了。很明显，他们不知这个小岛上已经有人，他们打算第二天再登陆。

艾尔通决定趁黑夜到船上侦探一下敌人的实力，虽然大家一再劝阻，但他还是铁了心要去。

半个小时后，艾尔通神不知鬼不觉地到了船下，知道了这只船的名字叫作"飞快"号。他潜入船内，船上的人还没有睡，有的在谈笑，有的在唱歌，还有的在高谈阔论。从他们的谈话中，听到一个叫"鲍勃·哈维"的名字，这个人他是认识的，是他以前当逃犯头目时的一个手下，这个人胆大包天，心狠手辣。

艾尔通抓住船头攀住木墙，爬到了前甲板上，他发

> 是不是有人得知消息来救他们了？

> 希望瞬间变成了危险！

> 艾尔通由野蛮转化为勇敢。

现这只船上装着4门大炮，它们可以发射8磅至10磅重的炮弹。这种炮弹威力极大。

> 描述了艾尔通的勇敢无畏和责任感。

在完成侦探任务之后，他突然冒出一个想法：他要炸毁这条船，和这条船上的海盗们同归于尽，来换取同伴们的安全。

他摸索着去找火药库，在后舱的舱板旁边，他找到了通往火药库的门。正当他打开火药库的门时，一只厚厚的手掌落在了他的肩膀上。

"你在这里做什么？"一个高个子的人站在灯影里，粗鲁地问道，并迅速地用灯光向他脸上照去，"艾……尔通……怎么会是你？你……你……怎么在这里？"

艾尔通没有回答，他认出了这个人就是鲍勃·哈维，他使劲儿挣脱哈维的手，奔向火药库，打算将火药点着。

"快来人啊，有人要点火药库了！"哈维一边大喊，一边猛扑向艾尔通。

两三个强盗跑过来，艾尔通知道自己的计划实现不了了，就只好逃走，他必须先保全自己才能帮助林肯岛上的伙伴们。

> 比喻。说明枪弹的密集。

<u>他刚跳下水，枪弹就像冰雹一般向他射来。</u>近午夜时，他回到了"花岗石皇宫"里。大家明白，他们的处境非常危险，海盗已经被惊动了。他们一定会全副武装，强行登陆，一旦落入他们手里，就不可能会有活命的机会。

这一夜平安无事地过去了。破晓时，大家透过清晨

的薄雾看见一团朦胧的黑影，那就是"飞快"号。

他们的防守工作是这样安排的：史密斯和赫伯特埋伏在"石窟"附近，负责把守"花岗石皇宫"下面的海岸；史佩莱和纳布埋伏在慈悲河口的岩石中间，河上的吊桥已经扯起来，他们负责阻止任何人乘船渡河或在对岸登陆；艾尔通和潘克洛夫要划船渡过海峡，在小岛上各据一点。这样，火力可以同时从四个不同的地点发射，罪犯们就会认为岛上不但有很多人，而且有坚不可摧的防卫了。如果艾尔通和潘克洛夫不能阻止海盗登陆，他们就乘船回到岸上来。

> 排比句。描述大家分工合作，抵御外敌。

在出发之前，大家最后一次握了握手。

过了一会儿，史密斯和赫伯特，史佩莱和纳布，都消失在岩石后面。艾尔通和潘克洛夫也只用了五分钟就顺利地渡过海峡，登上了小岛，各自隐藏在东岸的岩石丛中。

不久雾逐渐散开了，船的中桅在水汽里露了出来。几分钟后，大片的浓雾滚过海面，很快就被微风吹散了。这时，"飞快"号完全露了出来，它的锚链上系着一根曳索，船头向北，左舷对着海岛。阴沉沉的黑旗还在船上飘扬着。史密斯通过望远镜看见船上的四门炮都对着荒岛，大约有30个海盗在甲板上走动着，显然他们随时都准备开火。

8点钟的时候，大家终于看见"飞快"号上有人行动了。一只小船放了下来，七个人跳了进去。他们都带着滑膛枪。他们一个人掌着操舵索，四个人操着桨，另

> 面对人数几倍于移民们的海盗，他们靠什么取得胜利呢？

外两个人伏在船头侦察岛上的行动,准备随时开火。他们的目的很明显,是要做一次侦察,而不是要登陆。

只听见两声枪响,轻烟从小岛的岩石间袅袅上升。掌舵的人和测水的人都倒在船里了。艾尔通和潘克洛夫的枪弹同时打中了他们两个人。几乎同时又听到更大的一声炮响,双桅船的船边喷出一团烟雾,一个炮弹落在掩护艾尔通和潘克洛夫的岩石顶上,炸得碎石横飞,但是两个射击手都没有受伤。

又有十来个罪犯怒不可遏地跳到小船上来,他们还放下第二只小船来,里面坐着八个人。第一只小船直向小岛划去,打算赶走小岛上的人,第二只准备强袭慈悲河口。

此时,潘克洛夫和艾尔通的处境显然非常危险,他们觉得非回本岛不可了。但是,他们还是等第一只小船进入射程以内,准确地开了两枪,小船上的人立刻陷入了混乱状态。潘克洛夫和艾尔通这才冒着密集的火力,离开了他们的阵地,飞快地穿过小岛,跳进小船。当第二只小船到达南端时,他们已经渡过海峡,藏到"石窟"里去了。

他们刚回到史密斯和赫伯特的身旁,海盗们就占据了小岛各处。海盗的第二只小船正飞快地向慈悲河口驶去。船上的八个人当中,有两个被史佩莱和纳布打得奄奄一息。小船在失去控制的情况下往礁石上撞击,到慈悲河口的时候,小船进水了。那六个活着的人高举着滑膛枪以防浸水,他们登上了河的右岸。等他们发觉自己

> 海盗不仅人数众多,而且武器精良,移民陷入了巨大的危险。

暴露在埋伏的火力范围内的时候，就向着遗物角枪弹打不到的地方逃去了。

"飞快"号起锚了。

船已经靠近小岛了。可以看得出来，它正使劲儿往下方开。风力很小，潮流的力量也大大减弱了，鲍勃·哈维可以完全控制住他的船。他循着小船走过的路线，对海峡进行侦察，并且大胆地往海峡里开。现在海盗的企图非常明显：他们打算把航侧炮火对着"石窟"，向打死他们同伴的开枪地点进行反击。

> 形势越发危急。

"飞快号"很快就绕过小岛，直向慈悲河口驶来。

大家透过树枝可以看见"飞快号"在烟雾中开进了海峡。枪声不断地响着，四门大炮对着已经没有人占据的慈悲河阵地和"石窟"盲目地轰击。岩石被打成了碎片。每发一炮，海盗们都欢呼一阵。幸亏史密斯把窗户遮了起来，大家都希望"花岗石皇宫"能够幸免。但是，正在这时，有一颗炮弹穿过屋门，打到走廊里来。

> 连住所也快被发现了。

"我们被发现了！"潘克洛夫喊道。

也许移民们还没有被发现，但是有一点是肯定了：鲍勃·哈维认为这部分悬崖上所遮的枝叶有些可疑，因此就开了一炮。他加强了进攻，第二炮打开了遮蔽着的树叶，花岗石壁上的洞隙暴露出来了。

移民们陷入绝境了，"花岗石皇宫"已经暴露出来。他们既不能阻挡猛烈的炮火，又不能够使这片石壁在炮火的轰击下安然无恙，碎石在他们的周围横飞。现在唯

> 这样的绝境，他们还能逃脱吗？

一的办法是到"花岗石皇宫"的上层甬道里去躲避。至于住房，只好让它破坏了。正在这时候，忽然传来一阵低沉的响声，接着就是一片凄惨的叫声。

史密斯和他的同伴们连忙向一个窗口奔去。

> 局势发生了惊天逆转，难道岛上的神秘力量再一次伸出援手？

一股水柱猛不可当，把双桅船抛了起来，一下子把它冲成两半，不到十秒钟的工夫，"飞快"号连船带人都沉到海中！

"飞快"号整个没有了，连它的桅杆也看不见了。毫无疑问，这是由于漏水漏得太厉害。可是这一带的海峡不过二十英尺深，可以肯定，在水浅的时候，沉船的船帮还会再露出水面来的。

名家点评

本章由艾尔通的勤劳工作用以表达他的忏悔、赎罪和对移民们的感激开始，到在与突然遭遇的海盗的战斗中，艾尔通如何英勇无畏，并打算以自己的生命为代价换取伙伴们的安全，描述了他由一个无恶不作的海盗的彪悍向为友谊而献身的勇敢的转变。最后又给故事留下了一个谜团，"神秘力量"似乎又一次出手援助了他们脱离险境。

名家点评

现代科技只不过是将凡尔纳的预言付诸实践的过程而已。

——（法）利奥泰

第十三章 "飞快"号沉船之谜

从沉船中发现了财富,五个人激动万分,那宝物有:一箱箱种子、一箱箱火器、一箱箱工具。

沉船上的一些东西在水上漂浮着。一个木筏漂出舱口,慢慢露到海面来,上面储备着不同的圆材、养鸡的笼子——里面的鸡还活着——箱子和木桶;可是沉船的残骸却看不见,既没有甲板上的木料,也没有船身的肋材,"飞快"号的突然失踪简直不可思议。

船上的两根折断了的桅杆,终于摆脱护桅索和支索,漂了上来,它们上面还挂着帆,有的卷着,有的在水面上铺展开来。艾尔通和潘克洛夫没耐心等潮水把财富带上来,就跳进小船,打算把沉船的残骸拖上海滩或是小岛。可是,正当他们要把小船摇开的时候,史佩莱的一句话把他们拦住了:

"我的朋友们,还有六个海盗逃到了这个海岛上哩……"

的确,千万马虎不得,虽然那六个人所乘的船已经在岩石上撞得粉碎,然而他们却在遗物角登岸了。

"我们将来再对付他们,"史密斯说,"他们带着武器,遇见他们我们仍旧有危险,可是现在是六对六,双方的实力都是一样。还是先解决要紧的问题吧。"

艾尔通和潘克洛夫努力向沉船的地方划去。

海面非常平静，两天以前，才逢到新月，正是潮水较高的时候。至少还需要整整一个钟头，双桅船才能露出海峡的水面。艾尔通和潘克洛夫用绳子缚住桅杆和圆材，把绳子的一端带到海滩上来。在大家的共同努力下，沉船的残骸被拉了上来。然后潘克洛夫和艾尔通又驾着小船，把漂浮的东西全捞了起来，又立刻把它们送到"石窟"去，其中有鸡笼、木桶和箱子。水里也浮起几具尸体。艾尔通认出其中有鲍勃·哈维，就指着他，激动地对他的伙伴说：

"过去我也是干他这一行的，潘克洛夫。"

"可是现在你已经洗手不干了，勇敢的艾尔通！"水手热情地说。

浮起来的尸体很少，这的确很奇怪。他们数来数去，一共只有五六具，这些尸体，不久就被海流冲向大海去了。其余的罪犯很可能是来不及逃出来，船身倒在一边，都留在底下了。现在海流把这些倒霉的家伙的尸体冲出大海，倒免除了他们一项伤心的任务——把他们埋葬在荒岛上。

史密斯和他的伙伴们费了两个钟头的工夫，把圆材拖上沙滩来，然后又把船上的帆铺开，打算把它们晾干，这些帆丝毫没有损坏。他们认真地工作着，很少说话，然而他们脑子里却一直在思考！

得到这只双桅船，换句话说，得到船上的一切物品，可以说是得到了一笔巨大的财富。

"还有，"潘克洛夫心里想，"难道不能让双桅船重新浮起来吗？如果船底只有一个窟窿，那是可以修补好的；这只船有三四百吨重，和我们的"乘风破浪"号比起来，显得像样多了！我们可以乘着它到遥远的地方去！我们爱上哪儿就上哪儿！史密斯先生，我一定要和艾尔通去仔细地看一下，在它身上费这一番气力是完全值得的！"

的确，如果双桅船还能航行，那么他们回国的希望就要大得多。可是，必须等到退潮后海水很低的时候，因为只有那时才能仔细检查整个船身。等到把财物安全地运上岸来以后，史密斯和他的伙伴们才同意用几分钟的时间吃早饭。他们都饿坏了，幸而离食品室不远，纳布又是一个厨师中的快手。于是他们就在"石窟"附近吃早饭。不用说就猜得出来，他们在吃饭的时候，谈的尽是小队意外脱离险境的奇迹。

"你猜得出来吗，潘克洛夫，"史佩莱问道，"究竟是怎么回事，是什么东西引起爆炸的？"

"嘿！史佩莱先生，再简单不过了，"潘克洛夫回答说，"犯人的船不像军舰上那样有纪律！犯人也不是水手。火药库一定是开着的，他们不停地开火，大概有哪个粗心大意或是笨手笨脚的人，一不留神就使全船爆炸了！"

"史密斯先生，"赫伯特说，"使我感到奇怪的是，爆炸并没有起什么决定性的作用。爆炸的声音很小，并且炸坏的木板和肋材又不多。看起来它好像不是炸毁的，而是撞沉的。"

"你觉得这一点奇怪吗，孩子？"史密斯问道。

"是的，史密斯先生。"

"我也觉得奇怪，赫伯特，"他说，"等我们检查过后，一定会得到答案的。"

"怎么，史密斯先生，"潘克洛夫说，"你难道认为飞快号是触礁沉下去的吗？"

"如果说海峡里有礁石,"纳布说,"这难道不可能吗?"

"胡说,纳布,"潘克洛夫说,"当时你没有看见。我可看得非常清楚,就在双桅船沉没前的一刹那,一个大浪把它抛起来,然后它就往左边倒下去了。假如仅仅是触礁,它会像正常的船一样,安安静静地沉到海底去的。"

"就因为它不是一只正常的船!"纳布说。

"算了,我们很快就会知道答案的,潘克洛夫。"史密斯说。

"我们很快就会知道的,"潘克洛夫重复着说,"不过我敢拿我的脑袋打赌,海峡里绝对没有岩石。史密斯先生,我们把话说清楚,你是不是觉得这件事情有些奇怪?"

史密斯没有回答。

"触礁也好,爆炸也好,"史佩莱说,"不管怎么样,潘克洛夫,你应该承认,这件事情正发生在紧要关头上!"

"是的!是的!"潘克洛夫说,"可是问题不在那儿。我是问史密斯先生看出有什么奇怪的地方没有。"

"我说不上来,潘克洛夫,"史密斯说。"我只能这样回答你。"

将近一点半时,居民们登上小船去看沉船了。遗憾的是,没有能把双桅船上的两只小船保留下来:有一只在慈悲河口撞得粉碎,完全不能用了;另外一只是与双桅船下沉的同时失踪的,再也没有露出来,一定也撞坏了。

过了一会儿,"飞快"号的船身露出了水面。双桅歪倒在一边,这是由于它的桅杆全折断了,经过剧烈的震动,压舱的底货改变了位置,使全船失去重心;它的龙骨整个都能看见。当时海底有一种不可思议的惊人力量把它翻了过来,同时还出现了一股巨大的水柱。

居民们在船的周围观察着、思考着，随着潮水的下退，他们即使不能证实失事的原因，至少也可以查明产生的后果。

靠近船头部分，离前梢七八英尺的地方，双桅船的龙骨两侧遭到了严重的破坏。至少有二十英尺长的一段，两边各开着一个大缺口，要想把这样的窟窿堵住是不可能的。不仅没有了船底的铜包板和木板——毫无疑问，一定是炸成了灰烬——甚至用来连接它们的肋材、铁螺丝和木钉都不见了。一种莫名其妙的力量，使副龙骨和整个的船身从头到尾脱落了下来。龙骨的本身，从纵梁上裂开了好几处，已经完全折断了。

"我们想法子到船里去吧，"工程师说，"也许进去以后，就可以知道它是怎样遭到破坏的了。"

这是最切实可行的办法，大家都同意了。并且，这样还能把全船的财物清点一下，做一个安排，收藏起来。

现在要进船很容易。潮水还在继续下退，甲板上已经可以走人了。压舱的底货是一些沉重的铁块，已经从几处漏到船壳外面来。海水从船身的窟窿里流出来，发出"哗哗"的响声。

史密斯和他的伙伴们拿着斧头，沿着破碎的甲板往前走去。甲板上堆着的各种箱子拦住了他们的去路，箱子在水里泡得不算久，也许里面的东西还没有损坏。

居民们忙着把所有的货物放到妥当的地方。低潮的时候只有几小时，他们必须尽量利用这几个钟头。艾尔通和潘克洛夫在船身的入口处找到一些索具，可以用来把木桶和箱子吊起来。他们把货物装在小船里，运上岸去，马上又回来运各种物件，至于整理工作，打算以后再做。

总地来说，居民们非常满意，因为他们很快就发现双桅船上有着各种各样的货物。正像进行大规模沿海贸易的商船一样，它装载着五花八门的物件，器皿、工业品和工具，应有尽有。甚至他们无论要什么东西都能找到一些。大家一致认为这些东西正是林肯岛上的小队所迫切需要的。

他们搜查了几个钟头，潮水开始上涨了。目前必须暂时停止工作。不必担心海水把船冲走，因为它已经像抛了锚似的，牢牢地固定在那里了。等第二天再进行工作也没有问题；可是最好还是赶紧把船里的剩余物资收拾出来，因为它不久就要整个陷到海峡的流沙里去了。

这时候是傍晚五点钟。大家忙了一天。晚饭吃得津津有味，吃完以后，虽然大家非常疲倦，他们还是忍不住要把"飞快"号上的货箱打开来检查一下。

大部分箱子装着衣服，它们受到大家一致欢迎。整个小队都够穿了——各种尺码的衣服和鞋子都有。

潘克洛夫还看见了烈性酒桶、烟叶桶、火器和刀剑、棉花包、耕作用具、木匠和铁匠的工具，还有许多盒各种各样的种子，他们不住地欢呼，由于在水里的时间不长，这些东西丝毫没有受潮。接着，10月19、20、21日，一连三天，他们都在忙着整理东西。

23日到24日的夜里，整个船身都碎散了，一部分残骸被抛到海滩上来。

一星期后，即使在水浅的时候，也看不见沉船了。船消失了，但"花岗石皇宫"却由于接收了船上的全部财产而富裕起来。

10月30日，纳布在海滩上散步的时候，捡到一块铁筒的厚片，上面带有爆炸的痕迹。这块厚铁片的边缘扭得里进外出、残缺不全，样子好像是炸药的爆破造成的。

纳布把铁片拿给他的主人,史密斯仔细看了一下铁筒,然后转向潘克洛夫。

"朋友,"他说,"你坚持飞快号不是撞沉的,是吗?"

"是的,史密斯先生,"水手答道,"我们都知道,海峡里是没有礁石的。"

"可是,也许它是撞在这块铁片上的呢?"史密斯一面说,一面把破铁筒给他看。

"什么,就这一小块破筒子!"潘克洛夫十分怀疑地叫道。

"朋友们,"史密斯接着说,"你们记得吗,在双桅船沉没以前,曾经有一个水柱把它抛起来?"

"记得,史密斯先生,"赫伯特答道。

"好,你们想知道水柱是怎么掀起来的吗?就是它。"史密斯举着破筒子说,"这个铁筒就是水雷的残余!"

"水雷!"伙伴们都大叫起来。

"那么是谁布的水雷呢?"潘克洛夫问道,他还不能表示同意。

"我只能告诉你,不是我布的,"史密斯回答说,"可是水雷的残迹就在这儿,你们可以估计它的力量有多大!"

于是,水雷把一切疑问都解释清楚了。史密斯是绝不会错的,因为在南北战争中,他曾经试制过这种可怕的爆炸武器。

是的!一切都真相大白了,现在又出现了一个新问题——海峡里的水雷是怎么来的?

"因此,朋友们,"史密斯说,"我们现在不用再怀疑了,这里一定有一个神秘的人,也许和我们一样,他也是遇险以后,被遗弃在荒岛上的；我所以要这么说，是要让艾尔通也了解两年来我们所遇到的种种怪事。虽然我们有好几次得到他的帮助，我还是没法想象，这个陌生的恩人是谁。他屡次暗中帮助我们，究竟有什么目的，我也不知道。可是他确确实实是在帮助我们；并且根据性质来看，只有具备惊人才干的人，才能这样做。艾尔通和我们同样受到他的恩惠，当我从气球上掉下时，如果是他把我从海里救起来的话，那么写那张纸条，把瓶子放在海峡里，让我们知道我们的伙伴所在的地方的，也一定就是这个陌生人。我还要补充一些事实：拖着那只箱子，把它放在遗物角，使我们得到一切必需品的是他；在荒岛的高地上燃起篝火，使你们能够找到陆地的也是他；在海峡里布置水雷，炸毁双桅船的也是他。一句话，所有那些我们不能解释的怪事，都是这个神秘的人做的。因此，不管他是谁，是遇险的人也好，是流放在我们岛上的人也好，我们都应该感激他。要不然，我们就成了忘恩负义的人了。我们欠下了这笔人情，希望有一天我们能够还清它。"

"你说得对，亲爱的史密斯，"史佩莱说。"不错，岛上藏着一个可以说是万能的人。他的力量是非凡的。我还要补充一点，就是如果我们承认在实际生活中有超凡的事情，那么，这个陌生人的本领简直就近乎超凡入圣了。是不是他暗中从'花岗石皇宫'的井里探听我们的消息，因此掌握了我们的全盘计划呢？是不是他在我们第一次试航的时候，把瓶子扔给我们的呢？是不是他把托普从湖里扔出来，刺死儒艮的呢？是不是他把你从海里救起来的呢？以当时发生这些事的情况来说，是谁也干不了的，这种种事实，使我们不由得要这样想：如果这些事情都是一个人干的，那么他简直有呼风唤雨的能力了。"

"是的，"史密斯接着说，"如果可以肯定给我们解围的是一个人，我同意他具有一般人所没有的本领。现在这还是一个谜，可是如果能找到这个人，这个谜就可以解决了。因此，现在的问题是，我们究竟应该尊重这个仁慈的人，随他隐藏着不去惊动他，还是尽量把他找出来呢？你们对这个问题有什么意见？"

"我的意见是，"潘克洛夫说，"不管他是谁，他都是一个勇敢的人，我很佩服他！"

"话虽不错，"史密斯说，"可是我问的不是这个，潘克洛夫。"

"主人，"纳布说，"我的意见是，我们可以尽量找你说的那个人。可是我想，他如果不愿意露面，那我们是找不到他的。"

"你说得不错，纳布。"潘克洛夫说。

"我也同意纳布的意见，"史佩莱说，"可是我们却不能因此就不探险了。不管我们能不能找到这个神秘的人，我们至少应该尽到找他的心意。"

他们决定要找到这个神秘的人物。

几天来，他们积极地整理干草，进行田间收割。打算先把一切能做完的工作尽量做好，然后再去实现他们的计划——探索荒岛上还没有到过的地方。从达报岛移植过来的各种蔬菜，现在也到了该收获的时候。一切都收拾好了，好在"花岗石皇宫"里有的是地方，把岛上的全部物资运来都装得下。小队收获的东西井井有条地藏在那里。可以想象，存放的地方非常安全，既不怕动物糟蹋，又不怕歹人劫掠。

他们又修了几个炮台，把他们缴获的四门大炮清理了一下。然后试验了一下，效果非常好。要知道还有六个海盗潜伏在这个海岛上呢，他们随时都有可能来攻击。大家决定要把这些海盗彻底消灭掉，绝不留情。

第十四章

和林肯岛上的海盗作战

> 五个海盗怎么会暴尸小溪边？艾尔通又怎么会出现在牲畜栏的房子里？这一切连艾尔通自己也解释不清。

现在的首要大事是彻底搜索全岛，搜索的目的有两个：一方面要找出那个神秘的人，因为现在已经可以肯定岛上有这样一个人；另一方面，还要了解海盗的情况，他们藏在哪里，目前在过着什么样的生活，他们有哪些可怕的地方。

大家决定利用出发前的几天，做完眺望岗上的工作。此外，还需要艾尔通回牲畜栏去照料家畜。大家决定让他在那里住两天，等把厩房里的饲料准备充足后，再回"花岗石皇宫"来。

9日清晨，天一亮艾尔通就出发了。他驾着一只野驴，拉着大车走了。两个钟头后，来了一个电报，告诉大家牲畜栏里平安无事。

史密斯在湖的两个缺口处各建了一个水闸，使湖面升高两三英尺，将原来的洞口完全淹没。这样，"花岗岩皇宫"就不怕任何突如其来的袭击了。

史佩莱和潘克洛夫、赫伯特还抽时间到气球港去了一次。潘克洛夫很着急，他总是担心罪犯们曾经到停泊"乘风破浪"号的小海湾那里去过。

到了气球港，只见"乘风破浪"号静静地浮在小海湾上。三人一面闲谈，一面走上"乘风破浪"号的甲板。潘克洛夫看了一下系锚的短桩，突然指着一根绳子说道："这个扣不是我系的，我的系法不是这个样子的。有人动过我们的船！"

当天晚上，他们给艾尔通发了一个电报，但是这次艾尔通没有回复，一直到他们睡觉的时候还是没有音信。

第二天一早，也就是11月11日，史密斯又发了一个电报，他仍然没有回电。

他们全副武装地要到艾尔通那里去，将纳布留在了家里。

大家离开眺望岗的高地，径直走上通往牲畜栏的路。他们扛着枪，哪怕遇到最小的敌对行动都随时准备开枪。两支步枪和两支滑膛枪都已装满了子弹。路的两旁都是密林，罪犯们到处都可以藏身，加上他们还有武器，敌人的确是可怕的。

当他们靠近艾尔通住处的时候，发现连接电线的第74号电线杆倒了。这是他们为了发电报而栽植的。

他们的手指都扣着枪的扳机，大家注视着四面的森林，托普阴沉沉地咆哮着，似乎预告有什么不幸的事情要发生了。终于，从树木中间露出了牲畜栏的栅栏。看不见有什么被破坏的痕迹。大门还是照常关着。牲畜栏里静悄悄的，既听不见平日"咩咩"的羊叫，也听不见艾尔通的吆喝声。

史密斯拔开门上的内闩，正打算推进去，这时候，托普忽然大叫起来。只听见"砰"的一声，紧接着就是一声惨叫。一颗子弹打中了赫伯特，他立刻直挺挺地倒在地上。

潘克洛夫马上把赫伯特拖到了栅栏里，史密斯绕过栅栏的左角，他发现一个罪犯正端枪对着他,一枪开来,打穿了他的帽子。工程师不等他开第二枪,就一刀刺进他的心口,这一刀比他开枪打的还要可靠些。说时迟,那时快,罪犯就倒在地上了。他们把赫伯特抱进屋子里,放在艾尔通的床上。

赫伯特脸色惨白,史佩莱摸着他的脉搏——非常微弱,隔很长时间才跳动一次,好像就要停止了似的。

他们解开赫伯特的衣裳,使他露出胸膛,用手帕止住血,然后用冷水洗擦他的心口。伤口是一个椭圆形的洞,它的部位在胸膛以下,第三根和第四根肋骨之间,枪弹就是从这里打进去的。他的背后还有一处创伤,伤口染满了鲜血,这是枪弹穿出去的地方。

"谢天谢地!"史佩莱说,"枪弹不在身体里边,并且也没有碰到心脏。"

目前最重要的还是赶紧把两处伤口包扎起来。史佩莱简单地用冷水洗涤这两处伤口。他们把敷布敷在可怜的赫伯特的两处伤口上,不断用冷水保持敷布的湿润。

潘克洛夫在屋子里生了火。各种生活必需品屋子里都不缺。这里有枫糖,还有各种药草——就是赫伯特从格兰特湖畔搜集来的那些——因此他们熬了一些清凉的饮料,当他们喂给赫伯特的时候,他已经完全失去了知觉。他在发高烧,一昼夜过去了,他还没有苏醒过来。

第二天是11月12日,总算有了一线希望。赫伯特从长时间的昏迷状态中醒过来了。他睁开眼睛,认出了史密斯、史佩莱和潘克洛夫。他说了两三句话。究竟发生了些什么事情,他完全不知道。

他已经脱离了生命的危险,再过几天,身体就可以复原了。赫伯特几乎没有感到任何痛苦，由于他们经常用冷水冲洗伤口，创口一点儿也没有发炎。化脓的过程很正常，体温也没有增高，这个可怕的创伤不致造成不幸的后果。

赫伯特又昏昏沉沉地睡着了，可是这次他睡得比较自然。

他们趁机仔细检查了一下周围的环境，史佩莱爬上栅栏时，清清楚楚地看见一个罪犯在沿着富兰克林山的南部支脉逃跑，当时托普向他跑去了。慈悲河口的岩石撞坏了罪犯们的小船，使他们的计划彻底破产，这个跑掉的亡命之徒就是他们之中的一个。还有史密斯刺死的那个歹徒，还躺在牲畜栏的外边，他当然也是鲍勃·哈维的党徒。牲畜栏并没有遭到什么损坏。大门关得好好的，牲畜也没能逃到森林里去。不论是在屋子里，还是在栅栏里，他们都没有发现任何格斗和破坏的痕迹。不过艾尔通和他的武器都不见了，他一定是被那些人劫持了。

他们暂时是不能回去了，要留在这里好好照顾赫伯特。但是又必须尽快通知纳布留意那些海盗的袭击。史密斯的眼光落在托普身上，他让史佩莱从笔记本上撕下了一张纸，写到：

赫伯特受伤了，我们在牲畜栏，自己留神。不要离开"花岗石皇宫"。罪犯到附近来过没有？让托普把回信带给我们。

一个钟头后，托普回来了，它的颈部拴着一张纸条，上面是纳布写的几个大字：

"花岗石皇宫"附近没有海盗。我不会乱动。可怜的赫伯特。

事实说明，罪犯们还在附近监视着牲畜栏，企图把他们一个一个地杀死。于是史密斯做了一些安排，打算住在牲畜栏里。这里的食品还可以维持相当长的时间。

又过了几天，赫伯特的情况并没有恶化。冷水始终保持着适当的温度，因此到现在为止，创口一点儿没有发炎。由于靠近火山，水里含有少量的硫，起到了医疗作用。多亏周围的人不断看护，赫伯特保住了性命，化脓比以前少得多了，热度也下降了。由于被严格地限制饮食，因此赫伯特的身体变得非常虚弱，而且这种状况还要持续一段时期；清凉的饮料他可以尽量喝，对他说来，只要保持绝对的休息就有莫大的好处。

11月27日那天，史佩莱进行了第二次侦察，他往山的南部，冒险向森林里深入了四分之一英里。这一次他感觉出托普似乎闻到了什么，它不像过去那样漫不经心了。它来回乱跑，在野草和灌木中间搜索，好像闻到什么可疑的东西似的。突然，托普向一棵枝叶茂密的灌木冲去，一会儿衔出一块破布来。

史佩莱认出了这是艾尔通背心上的一块毡子，海盗们一定是把艾尔通绑架走了，也许他还活着。

11月29日晚上七点钟，三个人正在赫伯特的房里谈话，突然听到托普急促的叫声。史密斯、潘克洛夫和史佩莱抓起枪就往外面跑。托普在栅栏底下一面叫，一面跳，一个东西翻过栅栏，跳进牲畜栏来了，原来是杰普。

杰普的脖子底下挂着一个小口袋，口袋里有一张纳布亲笔写的纸条：

星期五早上六点钟，高地遭到罪犯的侵袭。

纳布

第十四章 | 和林肯岛上的海盗作战

大家决定带着赫伯特返回"花岗石皇宫",一路上,大家小心翼翼地走着,快到时只见一股浓烟从磨坊、棚屋和家禽场的房舍里升向天空。原来罪犯们破坏了高地,离开这里已经快半个钟头了!

大家顾不上考虑罪犯们给"花岗石皇宫"所带来的危害和高地所遭到的破坏。因为赫伯特的病情十分危急,他的伤本来就没有完全痊愈,史佩莱担心伤口会发炎,就检查了一下,所幸创口并没有开裂。但是由于严重的生理失调,赫伯特显然变得更虚弱了。

事实上,赫伯特几乎一直在昏迷状态中,神经错乱的症状也开始出现了。大家唯一的药品就是清凉的饮料。热度刚开始还不太高,可是不久以后,每隔一个时期就发一次烧。12月6日那天,史佩莱发现了这种情况。

可怜的少年手指和耳鼻都变得十分惨白,起初他微微有些打颤,浑身起了鸡皮疙瘩,不住地哆嗦着。他的脉搏既微弱又不正常,皮肤非常干燥,他感到口渴得厉害。然后马上就是一阵痉挛,他发着高烧,皮肤通红,脉搏也加快了,然后出了一身大汗,热度好像也随着降低了。这一阵发作几乎持续了五个钟头。

史佩莱始终没有离开赫伯特。很明显,少年染上疟疾了。必须不惜任何代价进行治疗,以免病情更加严重。

"要想把病治好,"史佩莱对史密斯说,"我们需要一种退热药。"

"一种退热药……"史密斯说,"我们既没有奎宁树皮,也没有硫酸奎宁。"

工程师和通讯记者是多么着急啊!12月7日中午,第二次发作来了。这一次非常可怕,赫伯特似乎已经瘫痪了一样。他把胳膊伸给史密斯、史佩莱和潘克洛夫。很明显,赫伯特再也经不起第三次的打击了。

12月8日夜间，赫伯特精神错乱得更加严重。肝脏充血达到可怕的程度，大脑也受到了感染，他已经认不出任何人了。夜里三点钟的时候，赫伯特发出一声惨叫，好像是由于极度的痉挛撕裂了他的身体似的。这时是早上五点钟，初升的太阳开始照进"花岗石皇宫"的窗户。它告诉人们，这是一个晴朗的日子。

一线阳光照亮了床边的一张桌子。潘克洛夫突然指着桌子上的一件东西，惊叫一声。桌上放着一个长方形的匣子，标签上写着"硫酸奎宁"。

有了这瓶药，赫伯特用了大约两个星期的时间身体就恢复了。

在1月份，眺望岗的高地上进行了重要的工作：工作的内容只有一样，就是把劫后的庄稼，不管是小麦还是菜蔬，尽量储藏起来。他们捡了许多麦粒和植物，准备在未来的半个季度中重新播种。关于家禽场的外壁和厩房的修复工作，史密斯打算过一个时期再做。一旦他和他的伙伴们出发追踪的时候，罪犯们很可能会再度光临高地。等于给他们创造一个第二次破坏的机会，那实在太没有必要了。他们可以等到把岛上的匪徒肃清以后，再着手修复。

2月15日，赫伯特已经完全康复了，看上去非常健壮。他们决定再次对那些罪犯搜查一番，不消灭他们绝不回来。

两天后，他们到达了半岛的尽头。森林的纵长方向全走完了，可是他们并没有找到罪犯们藏身的地方，也同样没有找到神秘的陌生人的秘密住处。

2月19日，他们到了艾尔通的住处——牲畜栏。到达的时候已经是傍晚了，周围一片漆黑。赫伯特突然发现屋子里头有亮光。大家一起涌向前去,果然,只见面前的窗户里,有一线微弱的灯光闪动着。

史密斯当机立断:"罪犯们聚在这个屋子里,毫无察觉!现在正在我们的控制之下!这是我们唯一的机会!前进!"

史密斯、潘克洛夫和史佩莱在一边,赫伯特和纳布在另外一边,同时沿着栅栏,在漆黑冷清的牲畜栏里搜索前进。他们走近了关着的房门,史密斯向伙伴们做了一个手势,叫他们不要动。然后他走到窗子前面,向室内张望了一下:桌上点着一盏灯,桌子旁边是艾尔通的床铺,床上躺着一个人。

突然,史密斯倒退几步,沙哑地喊道:"艾尔通!"

大家立刻闯进房门,冲到屋里去。

艾尔通好像睡着了。从他的脸色可以看出,他曾经受了长期而又残酷的折磨。他的腕部和踝部都有大片的伤痕。

"艾尔通!"史密斯抓住他的胳膊叫道。在这种情况下找到他,真是太想不到了。

艾尔通听见有人喊他,睁开两眼,呆呆地看看史密斯,又看看大家。

"你们!"他叫道,"是你们吗?"

"艾尔通!艾尔通!"史密斯重复地叫着。

"这是什么地方?"

"在牲畜栏的房子里!"

"只有我们吗?"

"是的!"

"可是他们要回来的!"艾尔通大声叫道,"你们快防备,快防备!"

然后由于身体极度虚弱,他就晕了过去。

"史佩莱,"史密斯大声说,"我们随时都可能遭到进攻。"

当伙伴们关门和上闩的时候,史密斯听见大门口传来了响声。这时候,托普突然挣脱了束缚,一面愤怒地狂叫,一面向牲畜栏的后面也就是房子右边跑去。

"准备开枪,朋友们!"史密斯大声说。

大家端起枪来,准备随时迎击敌人。

托普还在不停地叫。杰普向托普追去,也尖声叫嚷起来。

大家跟着杰普,来到大树下的小溪边。在明亮的月光下,他们看见了什么呢?

五具尸体躺在河岸上!

这就是四个月以前在林肯岛上登陆的那些罪犯!

事情是怎么发生的?是谁杀死罪犯的呢?是艾尔通吗?不,刚才他还担心罪犯们会回来呢!

等到天已经大亮的时候,他们仔细观察了五个罪犯的尸体,他们的样子看来像是被打死不久!尸体上并没有显著的伤痕。经过仔细的检验,潘克洛夫才发现第一具尸体的额头上,第二具的胸膛上,第三具的脊背上,第四具的肩膀上,各有一个小红点。这是一种很难辨认出来的创伤,究竟怎么来的,还是猜不透。

"他们就是在这里被打中的!"史密斯说。

"可是用的是什么武器呢?"通讯记者大声问道。

"一种有着闪电效果的武器,不过我们不知道它的秘密!"史密斯回答说。

"是谁打的呢?"潘克洛夫问道。

第十四章 | 和林肯岛上的海盗作战

移民们百思不得其解，只有等艾尔通醒过来了。第二天，艾尔通讲述了他所知道的一切。

去年11月10日，天黑时，匪徒们翻过了栅栏，突然发动袭击。他们把他绑了起来并堵住嘴，然后把他押进富兰克林山峰脚下一个昏暗的岩洞里，那是匪徒们的藏身之处。

第二天他要被处决时，其中一个匪徒认出了他，并叫出了他在澳大利亚时的名字——彭·觉斯，那个令海盗们尊重的名字。

艾尔通成了老同伙纠缠的目标，他们想重新拉他入伙，因为他们指望他能帮他们夺取"花岗石皇宫"，潜进那无法抵达的房子里，杀绝岛上的移民，成为海岛的主人！

艾尔通这个昔日罪犯，已经悔过自新，宁死也不肯出卖同伴。

艾尔通被绑住手脚，严加看管起来，在那个岩洞里被监禁了四个月。

匪徒们上了海岛不久便发现了牲畜栏，他们以里面的储藏食品为生，但并不住在那里。11月11日，其中两个匪徒被移民们的意外到来吓坏了，他们朝赫伯特开了枪，其中一个回去吹嘘说他已经杀死了岛上的一个居民，他是一个人回来的，同伙被史密斯一匕首刺死在地上。

于是，他们对艾尔通的迫害变本加厉。艾尔通的手脚日夜被捆绑着，至今还留着绳索绑过的淤青的伤痕。

2月份的第三个星期，匪徒们仍然在等候着良机，他们很少离开老窝，只是偶尔到岛内或南海岸打几次猎。艾尔通再也得不到他朋友们的音信，他不再抱有能重见他们的希望了！

由于备受折磨，身子虚弱，他陷入一种深深的虚脱状态之中，他的视觉不灵,耳朵也失聪了。从那时起,他根本不知道发生了什么事。

"既然我被囚禁在那个山洞里,我怎么又跑到牲畜栏来了呢?"艾尔通问道。

"岛上的正义复仇者,"史密斯答道,"艾尔通,你就是被他带到牲畜栏里来的。他又一次发挥了他的威力。我们自己做不到的,他都替我们做了。他总是在达到目的以后,避开我们。"

赛勒斯·史密斯说:"现在我们只有一件事要做,那就是搜寻那位神秘人!"

"那好,"吉丁·史佩莱答道,"我们就对富兰克林峰支脉错综复杂的地形来个大搜查!绝不放过一个坑洞,甚至一个未勘探过的窟窿!"

"要是找不到恩人,"赫伯特说,"我们就不回'花岗石皇宫'。"

"对!"工程师说,"道义上能做到的,我们都要做……但我重复一遍,只有他愿意,我们才能找到他!"

"我们住在牲畜栏吗?"潘克洛夫问。

"对!就住这里,"赛勒斯·史密斯答道,"这里丰衣足食,而且又是我们搜查范围的中心。再说,如果有必要,坐上大车很快就可以回到'花岗石皇宫'那边去。"

"好,"水手答道,"只是,还有一件事。"

"什么事?"

"天气正一天天变坏,可别忘了,我们还要渡一次海呢。"

"渡一次海?"吉丁·史佩莱说。

"是的!去达报岛,"潘克洛夫答道,"必须到那里去送一张纸条,指出我们所在的位置,艾尔通现在在这里,万一那苏格兰游船回来接他呢。天晓得现在做是否太迟了?"

"可是,亲爱的朋友,"艾尔通问,"您打算如何渡海呢?"

"乘坐'乘风破浪'号嘛!"

"'乘风破浪'号!"艾尔通喊道,"它已不在了。"

"我的'乘风破浪'号不在了!"潘克洛夫暴跳如雷。

"不在了,"艾尔通答道,"匪徒们在小海湾里找到了它,就在8天前,他们出海了,后来……"

"后来怎么了?"潘克洛夫的心怦怦直跳,追问道。

"后来,因为没有鲍勃·哈维这样的人掌舵,他们撞在了礁石上,而船被彻底撞碎了!"

"匪徒!恶棍!"潘克洛夫大声骂道。

"别太着急,"赫伯特拉着水手的手说,"我们会造出另一艘'乘风破浪'号的,一艘更大的!我们有各种铁器,双桅横帆船上的全副索具可都归我们使用呢。"

"但您知道吗,"潘克洛夫回答说,"造一艘30~40吨位的船至少得花5~6个月?"

"我们有的是时间,"记者说,"今年就放弃到达报岛去的打算吧。"

"有什么办法呢,潘克洛夫,只好这样了,"工程师说,"我希望这次延迟对我们没什么害处。"

这件事告一段落,大伙儿都开始忙于对海岛隐秘地区的勘察。

搜寻于2月19日开始,历时整整一个星期。错综复杂的山谷、起伏跌宕的谷壑;他们应当搜索的地方,正是那些狭窄地带的深处,甚至可能深入富兰克林山脉的群山内部。如果有人想在海岛上寻找一处不易为人发现的住处，相信没有任何其他地区比这里更适合了。但支脉地带地形如此复杂，赛勒斯·史密斯认为希望渺茫。

移民们首先巡视了面朝火山南部连接着瀑布河源头的那一整座山谷。在这里，艾尔通向他们指出了匪徒们曾经藏身而自己曾一度被囚禁在里面的那个山洞。那山洞的状况与艾尔通离开时完全一个样。大伙儿还在里面找到了一些弹药和粮食，这些都是匪徒们掠夺来的，他们想在这里建立一座储藏仓库。

接着，他们绕过西南支脉的顶端，进入了一条峡谷，这里堆积着许多别致的沿海玄武岩。

这一地带树木稀疏，乱石代替了青草，野山羊和岩羊在岩石间飞跃。从这里开始就是海岛的荒芜地区了。

移民们巡视了地质形成时期形成的那些阴暗的地道，这些地道深入山内，由于以前是火山焰火的喷发通道，至今还黑糊糊的。大伙儿举着点燃的树脂火把穿过那些阴暗的通道，环顾四周，连最小的坑洞也仔细地搜查过，最浅的缝隙也量一量。但到处都是寂静和黑暗，看上去不曾有人涉足过这些古老的坑道。

赛勒斯·史密斯却觉得这里并不是绝对的寂静。

当他到达那昏暗的山洞中一处向深处延伸的地方时，他惊讶地听到了一阵低沉的"轰隆"声，由于岩石的回音，那声音更加密集。

"看来火山并没完全熄灭？"记者说。

"自我们上次勘探了火山口以来，"赛勒斯·史密斯答道，"地壳下层可能发生了某些变化。任何一座被认为熄灭的火山，都有再度爆发的可能。"

"要是富兰克林峰正酝酿着一场爆发,"吉丁·史佩莱问,"那会不会给林肯岛带来危险呢?"

"我想不会的,"工程师答道,"火山口就是一个安全阀门,有了它,过剩的烟雾和岩浆就会从那里喷出来,就像它以前从这个旧排泄口喷发出来一样。"

"要是岩浆流从新出口涌出流向岛上土地肥沃区,那可糟了!"

"亲爱的史佩莱,"赛勒斯·史密斯答道,"为什么岩浆不沿着天然为它们生成的通道流呢?"

"火山的脾气可是捉摸不透的啊!"记者答道。

"事实上,"工程师接着说,"富兰克林峰整个山区目前的倾斜度是有利于熔岩向我们现在勘探的山谷喷流的。要改变熔岩的流向,除非发生地震,使山体的重心转移。"

"但就目前的情况来看,随时都有发生地震的可能。"吉丁·史佩莱指出。

"随时都可能,"工程师答道,"尤其是地下的力量停歇了很久,现在又开始复活,而且地壳深处又有阻塞时。因此,亲爱的史佩莱,一次火山爆发对我们而言可不是闹着玩的!最好不要爆发!可我们又能怎么样呢,是不是?不过,不管发生什么事,我想我们的眺望岗宝地是不会受到威胁的。"

搜寻继续进行,朝向了整个沙丘地带。

尽管路极其难走,大伙儿还是认真地把这高耸的鲨鱼湾岩壁从上到下搜查了个遍。

结果同样令人失望,一无所获!

2月25日,居民们回到"花岗石皇宫"里来了,他们来到林肯岛已经三年了。

三年了！

伙伴们坚信内战已经结束，北军的正义事业不可能没有取得胜利。在这场可怕的战争中，发生过哪些事情？有多少人为此流了血呢？他们有哪些朋友在这场战争中付出了生命？也不知道何年何月大伙儿才能返回祖国。这成了他们经常谈论的话题。

"要是那位神仙给我们提供回国的工具，就好了！"潘克洛夫说。

此时若有人告诉潘克洛夫和纳布说有一条300吨位的船在鲨鱼湾或气球港等着他们，他们也绝不会感到惊奇的。

但工程师不是那么有信心，他劝他们回到现实中，尤其是在造船的问题上，这确实是一件急迫的工作。

造一条新船至少需要六个月。冬季来临，只有等到明年开春前才能航行。"朋友，我想，既然我们得重造一艘船，那最好就造大一些，"工程师与潘克洛夫商量着这些事，他说，"我们有足够的时间在天气转暖前做好准备工作。苏格兰游船能否到达报岛是没把握的，或许，在几个月前它就来过达报岛，找不到艾尔通的踪迹后，就离开了。因此，造一艘在必要时能把我们载到波利尼西亚群岛或新西兰去的船，不是更好吗？"

"我想，"工程师接着说，"您有能力造小船，也完全有能力造大船。木材、工具，我们样样不缺，现在只是时间的问题。"

"没错，史密斯先生，"水手答道，"您去设计图纸吧，工人已经准备好了，我想在这种时候，艾尔通会助我一臂之力的。"

史密斯着手设计图纸和船模型。与此同时，同伴们则忙于砍伐树木。森林出产的优质橡树和榆树木材被砍伐并被运回来准备做成船的曲板、肋肌和船舷等。大伙儿利用上次探险时走出来的小道开辟出一条可以运输的道路——命名为远西路——把木材运到"石窟"中的造船车间里。4月份真是收获的好季节，如同北半球的秋季，在这期间，地里的工作积极地开展着，眺望岗上被洗劫的痕迹很快就消失了。磨坊已经重建好，禽饲养场上也建起了一些新房舍。家禽正以可观的比例增长着，房舍的面积必须建得更大。厩房里现在有五匹野驴，其中有四头不仅强壮而且训练有素，既肯拉车，又能载人；另外一头是刚出生的。移民们又多了一张犁，野驴可以套上犁耕作，就像真正的约肯州或肯塔基州耕牛一样干活儿。移民们分工合作，没有一双手是闲着的。

当然，牲畜栏并没有被丢下不管。每隔五天，就有一个移民驾着车子或骑上一头野驴去照料那里的岩羊群和山羊群，并把羊奶带回来充实纳布的储藏室。中途还是打猎的好机会，因此，赫伯特和吉丁·史佩莱——托普在前面开路——比其他任何伙伴跑牲畜栏这条路都更勤快些，他们带着上好的枪支。于是，家里再也不缺少野味。大的有水豚、刺鼠、袋鼠和野猪，小的有野鸭、山鸡、松鸡、啄木鸟和山雉。此外，还有兔子饲养场和牡蛎饲养场的产品。捉到的几只海龟，新钓到的感恩河河水中的美味鲑鱼，还有眺望岗的蔬菜、森林里的野果，真是品种丰富，应有尽有。

牲畜栏和"花岗石皇宫"之间的电报线路也修复了，如果哪一位移民到牲畜栏去，且认为有必要在那里过夜，打个电报回来就行了。

一天晚上，工程师向他的同伴们提出了加固牲畜栏的计划。他认为为了谨慎起见，最好加高栅栏，并在旁边建一个碉堡，必要时，移民们可以躲到里面抗击大股的敌人。要知道，"花岗石皇宫"由于其特殊的位置，可以说是难以攻克的。而牲畜栏原有的建筑物，其贮藏的物资和养着的家禽，则会成为在海岛上登陆的海盗的攻击目标。

5月，新船的龙骨已经放在了工场里，不久，船的艏柱和艉柱也分别合上了榫头。那条龙骨是用优质橡木做成的，长达110英尺，能支起一条宽为25英尺的主横梁。

三年的艰苦努力使林肯岛移民正进入鼎盛时期。

如果说他们在第一个冬天饱受了严寒，那现在，不管怎样的坏天气，他们也不会惧怕的。因为大伙儿的棉麻织品十分充足，加上大家都十分爱惜。日用品也很丰富，赛勒斯·史密斯还从氯化钠，也就是海盐中提取出小苏打和氯。小苏打转化成碳酸盐碱，而氯则转化成漂白粉和其他物质，这两样东西被用于衣物漂洗。

只是杰普"老爷"有点怕冷，得给它做一件填满厚厚的棉絮的好睡袍。这也许是它的唯一弱点，它是那么温顺和能干，从来不知疲倦！

距最后一次到山脉周围进行搜索已经有7个月了，在这期间，海岛上的神秘人没有再出现过。这期间，海岛平静而祥和。

第十五章 神秘人物出现

一直被大家誉为"海岛之神"的神秘人物的真实身份到底是怎样的呢？

9月7日，史密斯观察了火山口，只见山顶上烟雾缭绕，一股蒸汽升向天空。

大家听了史密斯的紧急通知，放下工作，默默地注视着富兰克林山的顶峰。火山复活了！蒸汽透过火山口底积累的矿石岩层升了起来。地下火会不会引起激烈的爆发呢？这是很难预料的。就算火山可能爆发，也不见得整个林肯岛都会遭殃。火山里流出来的岩浆不一定会造成灾祸，朝北的山坡上有一条条凝结的熔岩，从这里可以看出，荒岛已经遭受过这种考验了。<u>并且，根据火山口的形状——它的缺口是开在上面的——还可以断定，岩浆多半要喷在富饶地区对面的那部分荒岛上。</u>

但是，并不能以这些为依据来判断即将出现的情形。在火山的顶峰，原有的火山口往往堵塞了，又会钻出一个新的火山口来。史密斯向伙伴们解释了这些事情。他毫不夸大地向大家说明了正反两种可能性。总

> 思考此处破折号的用法。这两处破折号还可以用另一种符号替换，想一想。

之，他们是没法阻止的。同时也应该说明，除非发生地震，动摇了地面，要不然"花岗石皇宫"大概是不会有危险的。但是，如果从富兰克林山的南边开出一个新的火山口来，牲畜栏就要遭到严重的威胁了。

> 火山真的要喷发了吗？会不会威胁到大家的安全？

从这一天起，山顶的烟就一直没有消失；而且可以看出喷出来的烟愈来愈高、愈来愈浓了。尤其是中央火山口较低的地方，喷出来的烟更浓，虽然其中没有夹带火焰。

不管怎么样，随着季节的转暖，工作又继续干起来了。造船工作在紧张地进行着。

10月15日晚上，人们的谈话时间拖得比平时要长一些。已经九点钟了。大家都不想去睡觉，却忍不住打出长长的哈欠来，说明应该是休息的时候了。潘克洛夫正向床边走去，餐厅里的电报铃突然响了起来。

史密斯、史佩莱、赫伯特、艾尔通、潘克洛夫、纳布，人人都在场。居民们谁也没有到牲畜栏去。史密斯站了起来。伙伴们你看着我，我看着你，几乎不相信自己的耳朵。

"这是怎么回事？"纳布叫道，"是魔鬼在打铃吗？"

"在这暴风雨的天气，"赫伯特说，"会不会是电流的感应……"

> 每到关键时刻，大家都希望史密斯拿主意。

赫伯特的话没有说完。大家都注视着工程师，只见他摇摇头。

"等一会儿，"史佩莱说，"如果是信号，不管是谁，他一定会接着再发的。"

又是一声铃响,史密斯走到电报机旁边,向牲畜栏发出一个问题:

"你要什么?"

不一会儿,指针在字码表上给"花岗石皇宫"的居民们做了一个回答:

"立刻到牲畜栏来。"

"总算有答案了!"史密斯大声说。

是的!总算有答案了!谜底就要揭开了。一种强烈的好奇心使大家已经忘记了疲劳。这种好奇心催促着他们到牲畜栏去。

牲畜栏屋子里一个人也没有,一切都和他们上次离开这里的时候一样。

"啊!一张通知!"赫伯特指着桌上的一张纸条,大声叫道。

纸上用英文写着:

沿着新电线一直走。

"走吧!"史密斯大声说。他已经明白了,电报不是从牲畜栏里发出,而是通过一根附加在旧线上的电线,从神秘的住处直接打给"花岗石皇宫"的。

史密斯跑到第一根电线杆旁边,在电光的照耀下,只见绝缘物上有一根新线一直拖到地面上。大家立刻沿着电线,急急忙忙地向前走去。雷声不断地轰鸣,连说话都听不见。

> 这个人是否就是那一直帮助他们的人?如果是,那么他的力量实在太强大、太超乎常人了。

电线是一直通到大海去的。他们长久以来一直没有找到的住所，一定就在沿海一带的岩石深处。天空简直像着了火似的。有几道闪电就打在浓烟环抱的火山顶上。火山好像喷起火来。

电线沿着峡谷的一面悬崖，从一大堆岩石里拉了进去。他们沿着电线往前走，电线突然拐到海滩上的岩石那儿去了。

史密斯在暗中摸索，发现电线钻入了海底。他的伙伴们都愣住了。

"等一会儿，"他说，"现在潮水正高。落潮的时候，路就会现出来的。"

一个钟头过去了。水面上露出的洞口已经有八英尺了，像一个桥孔似的，奔腾澎湃的波涛在下面汹涌着。

只见一个黑色的东西在水面漂浮着。史密斯把它拉过来。原来是一只系在洞内尖石上的小船。船身包着铁皮，里面放着两把桨。

他们毫不犹豫地上了这艘小船。小船最初经过一个椭圆形的檐顶，然后檐顶顶部突然升高了。周围一片漆黑，灯光又暗，既看不出洞的宽度、长度和高度，又没法知道它有多深。

电线还钉在这里的岩石上。

"往前走！"史密斯说。

他们又往前划了一刻钟，这时候离洞口大约有半英里了，小船停了下来。只见一道夺目的光芒照亮了庞大

第十五章 神秘人物出现

的洞窟，这个洞窟开凿在深深的荒岛的地心。居民们从来也没有想到竟有这样一个地方。

湖中心浮着一个长长的、像雪茄烟似的东西。它一动也不动，静静地躺在水面上。亮光从它的两边发出来，就好像是从两个白热的炉灶里放射出来的一样。它的外形像一只庞大的鲸鱼，长约二百五十英尺，高出水面十到十二英尺。

> 本段用了两处比喻，说明了船的形状和大小。

小船慢慢地向它驶近了。史密斯站在船头望着，兴奋得几乎不能自制。然后他突然抓住史佩莱的胳膊，叫道："是他！一定是他！他……"

史密斯和他的伙伴们登上平台。这里有一个敞开的舱口。大家一齐从舱口冲下去。扶梯的尽头是一片甲板，上面有电灯照耀着。甲板的尽头有一扇门，史密斯上去把门打开。

这是一间装饰得富丽堂皇的屋子。居民们迅速穿过这间屋子，走进隔壁的书房，在书房里，从明亮的天花板上投下一片光辉。书房的尽头是一扇大门，也是关着的，史密斯打开了门。这是一间非常宽敞的大厅，它像博物馆似的，陈列着各种珍贵的矿物制成品、艺术品和神奇的工业品。居民们看见这许多东西，以为自己忽然到了"太虚幻境"。

他们看见在一张高贵的沙发上有一个人躺着，那个人似乎根本没有注意到他们进来。这时候史密斯开口了。他的伙伴们感到十分惊讶，只听见他说：

> 神秘人的出场也显得有些神秘。

"尼摩船长,是您要我们来的吗?我们来了。"

躺在沙发上的人听了以后,站起身来。电灯光照在他的脸上,他的面貌端庄,高高的额头,眼睛炯炯有神,雪白的胡子,头发又多又长,一直垂到肩膀上。

他从长沙发上站起身来,一只手还撑着椅背。他的神情十分安详。看得出来,他的身体由于患病已经逐渐衰弱了。

尼摩船长做了一个手势,让大家坐下。

> 动作的描写再次说明身体的衰弱。

船长重新躺到长沙发上了。他把头搁在一条胳膊上,望着坐在旁边的史密斯。

"您知道我过去的名字,先生?"他问道。

"是的,"史密斯回答说,"还有这只神奇的潜水船的名字……"

"您是说诺第留斯号吗?"船长微弱地笑了一下,"是的,诺第留斯号!"

"可是您……您知道我是谁吗?"

"知道的。"

> 是什么原因迫使他必须在海底生活几十年?

"我和人间隔绝往来已经多年了。我在海底度过了漫长的三十年,这是我找到的唯一的自由的地方!谁居然泄露了我的秘密呢?"

"是一个不在您约束之下的人,尼摩船长,因此不能怪他背信。"

"是十六年前偶然来到我船上的那个法国人吗?"

"他们没有死,并且还写了一本名叫《海底两万里》

的书，叙述您的故事。"

接下来，船长简单地叙述了他的往事。

尼摩船长本是印度的达卡王子，当时本德尔汗德还保持着独立，他就是本德尔汗德君主的儿子，印度英雄第波·萨伊布的侄子。十岁的时候，他的父亲把他送往欧洲去接受全面的教育，打算将来他有了才能和学识，来领导全国人民和压迫者进行斗争。达卡王子天资聪明，到三十岁时，他积累了各方面的知识，在科学、文学和艺术方面都有高深的造诣。

> 船长的叙述揭开他为何在海底生活三十年的缘由。

他漫游了整个欧洲。由于他出身贵族，又富有资财，因此到处有人奉迎。但是，任何诱惑都不能引起他的兴趣。他虽然年轻、英俊，却总是非常严肃、沉默。他的求知欲十分强烈。

那时候，达卡王子心里充满了愤怒。他憎恨一个国家，一个他从来也不愿意去的国家；他仇视一个民族，他始终拒绝跟他们妥协。这个国家就是英国，同样，地他也非常注意英国。

侵略者从被侵略者那里是得不到宽恕的，作为一个被征服者，他和征服者之间有着血海深仇。达卡王子是第波·萨伊布家族中的成员，他的父亲是一位名义上臣服联合王国的君主，因此，王子是在恢复主权和报仇雪恨的思想影响下成长起来的。他的祖国像诗一样美丽，然而却受着英国殖民者的奴役。他热爱自己的祖国，他从来也不愿意踏上他所诅咒的、奴役着印度人民的英国人的土地。

> 王子用表面的行为掩饰着内心伟大的愿望。

达卡王子成了一个很有修养的艺术家、懂得各种高深科学的学者和通晓欧洲各国宫廷政策的政治家。单从表面来看，人们也许会把他看成一个埋头学习而轻视行动的世界主义者、一个阔气的旅客——目空一切、自命清高、心无祖国、走遍天涯的人。事实上，他完全不是那样的人。这位艺术家、科学家、政治家有着一颗印度人的心，他立志报仇，希望有一天能收回国家的主权，赶走外来的侵略者，恢复祖国的独立。

> 王子始终没有放弃心中的责任。

1849年，达卡王子回到本德尔汗德。他娶了一个印度的贵族女郎。跟他一样，她也为祖国的灾难而感到愤慨。后来，他们有了两个孩子，他们深受夫妇俩的喜爱。幸福的家庭生活也并没有使他们忘记印度的解放事业。他等待着机会。最后，机会终于来了。由于英国不断地加重对印度的奴役和压榨，群众纷纷对英国殖民者表示不满，这给达卡王子带来了有利的条件。他把自己对外国侵略者的仇恨，紧紧地和广大民众连在一起。他不仅走遍印度半岛上保持独立的地方，还来到了直接受英国统治的地区。他让人们重新想起了第波·萨伊布为捍卫祖国而在赛林加帕坦英勇牺牲的伟大日子。

1857年，印度士兵爆发了武装起义，达卡王子是这次起义的中心人物，组织了这次大规模的抗英运动。为这项事业贡献了自己的能力和资财。他身先士卒，站在战斗的最前线。他和那些为解放祖国而斗争的英雄一样，从没想到过自己的生命。他参加过二十次战役，受伤十次。后来，英国的枪炮打死了最后一批起义战士，他侥幸逃出了虎口。

英国在印度的势力从来也没有遭到过这样的威胁。要是印度士兵得到外来的援助，那么，联合王国在亚洲的势力恐怕要崩溃了。

那时候，达卡王子的名字人人都知道。这位英雄并不躲避，他公开作战。英国当局悬赏要他的头颅，虽然没有人出卖他，但是他的父母妻儿却为他付出了生命的代价。

> 他勇敢、坚定。

正义的事业又一次被暴力镇压了下去。印度士兵的起义失败了，从前属于印度君主的土地又沦于英国更黑暗的统治之下。但是，文明是永远不会倒退的，客观规律必然推动着文明前进。

达卡王子逃脱虎口，跑到了本德尔汗德的深山中。从此以后，他就一个人生活在那里。他不仅对人类的一切表示厌恶，而且对文明世界也充满了仇恨，他永远也不想再回到文明世界中去了。他变卖了自己剩余的财产，集结了二十几个他最忠实的同伴，在某一天一起失踪了。

> 不断的死亡和杀戮让他产生了对文明的怀疑和逃避。

这位军事家变成了学者。他在太平洋的一个荒岛上建立了造船所，按照自己的设计，造成一艘潜水船。他用某些方法——这些方法将来是会被人们发现的——有效地利用了万能的电力。他用电作为动力、照明和发热的源泉，供给他的浮力装置的全部需要，而电的来源却永远不会枯竭。海里有无尽的宝藏，有数不清的鱼类、无数的海藻和庞大的哺乳动物，不仅有自然界所供应的一切，还有人类遗失在海底的各种各样的物资。

这些宝藏充分地满足了王子和他的同伴们的需要。于是他最热心向往的事就这样实现了，他再也不和外界联系了。他把他的潜水船命名为"诺第留斯"号，自称尼摩船长，神不知鬼不觉地隐藏在海洋深处。

多年来，这个神奇的人从南极到北极，游遍了各个大洋。作为一个被文明世界遗弃的人，他在这些陌生的地方搜集了无数的珍宝。1702 年，西班牙大帆船在维哥湾所丧失的百万资财成了他用不完的财富。他经常用这笔巨款来帮助那些为争取独立而奋斗的国家，同时却始终不暴露自己的姓名。

很久以来，他一直和外界隔绝。1866 年 11 月 6 日的夜间，忽然有三个人流落到他的船上。一个是法国教授，一个是教授的仆人，还有一个是加拿大的渔夫。当时美国的"亚伯拉罕·林肯"号巡洋舰追逐"诺第留斯"号，这三个人就是在两船互撞的时候，流落到他的船上来的。

尼摩船长听教授说起，才知道"诺第留斯"号有时被人们当成庞大的鲸鱼类哺乳动物，有时被人们当成一只海盗的潜水船，到处都有人在海里搜寻它。这三个人偶然从大洋里来到船上，接触到他的神秘生活；本来他

> "被文明世界遗弃"，莫不如说"他遗弃了文明世界"。想一想，是否可以这样替换？

第十五章 | 神秘人物出现

是可以把他们送回大洋的。<u>但是他没有这样做，竟把他们软禁起来。</u>他们在这里待了七个月，在海底航行了两万法里，这个期间所发生的一切奇迹，他们都亲眼看到了。

> 因为船长不想让别人了解他的真实情况。

这三个人谁也不知道尼摩船长的过去。1867 年 6 月 22 日，他们乘着"诺第留斯"号上的一只小船逃走了。因为当时"诺第留斯"号在挪威海岸附近被卷入了大旋涡的中心。船长就十分自然地认为这三个逃跑的人一定被可怕的旋涡卷走，死在海里了。他绝没想到那个法国人和他的两个伙伴竟那么凑巧，被抛上海岸，并且得到了罗佛敦群岛渔民们的救援，更不知道法国教授回国以后，还出版了一本书，叙述了他们七个月来在"诺第留斯"号上曲折离奇的航海经过。这些情况公开以后，曾经引起了广大读者强烈的关注。

在这些事情发生以后很长的一段时间里，尼摩船长继续漫游各个海洋。他的同伴一个一个相继死去了，他们长眠在太平洋的珊瑚礁上。后来，这群寄居在海底的人，只剩下尼摩船长一个人了。

> 年轻时失去亲人、国家，年老时失去朋友，真是一个苦难难以形容的人！

他已经六十岁了，无依无靠，他把"诺第留斯"号开进了一个海底的石洞，过去他常常把这样的石洞当成停泊船只的海港。

这些港口，有一个就在林肯岛的海底下，那时候它已成为"诺第留斯"号的藏身之所。船长在林肯岛已经居住了六年。他不再航海，只是静等度完自己残余的岁月。本来他应该回到过去的同胞那儿去，但就是在这个时候，他无意之中看见南军的俘虏乘坐的气球从空中降落下来。他穿着潜水衣在离岸几锚链的海底行走，恰好赶上工程师掉下海来。船长在同情心的驱使下，救起了史密斯。他首先想到的是远远避开这五个遇险的人。但是，火山的作用使一部分玄武岩升出水面，堵住了他藏身的海港，他再也出不了地窟了。轻便的小船不怕水浅，还能穿出洞口，但是"诺第留斯"号却不行，因为它吃水很深。于是尼摩船长只好留下来。他留意着这些赤手空拳、一无所有的荒岛上的落难人，但是他又不打算暴露自己。后来他逐渐发现这些人诚实、勇敢而且团结友爱，他关心他们的奋斗。他不由自主地去了解他们生活中的疾苦。他穿着潜水衣，可以毫不困难地到"花岗石皇宫"内部的井底，沿着凸出的岩石爬到井口。就这样，他听到了居民们回忆过去的往事，谈论到的目前和将来的情况。

> 他仍旧拒绝着文明世界的一切。

尼摩船长救活了赛勒斯·史密斯；他还把托普从湖里救出来，又把它领到"石窟"那儿去；把许多对居民们有用的东西装满箱子放在遗物角，把平底船送回慈悲河；在猩猩进攻"花岗石皇宫"的时候，把绳梯从上面扔下来，把纸条装在瓶子里，使他们知道艾尔通在达报岛上，把水雷放在海峡底下，炸掉海盗双桅船；给居民们送硫酸奎宁，把赫伯特从垂死的情况下挽救过来；最后他还用电弹打死了罪犯，他掌握这种电弹的秘密，是

> 排比句。说明船长对他们所有的帮助，终于解开了本书最大的谜团。

用来猎捕海底动物的。这样,许许多多显得奇妙莫测的事情都得到解释了。这位伟大的愤世嫉俗的人热衷于一切善举。他还要把一些有益的意见告诉移民们;另一方面,他心脏有些不舒服,觉得离死期不远了。于是,就像我们所知道的那样,他用一根从牲畜栏通到诺第留斯号的电线,把"花岗石皇宫"的人邀请到这里来。

船长讲完了他的一生。好长一段时间,大家一句话也没有说,有的只是对这位尊敬的船长的感激。

> 一生的故事或许几十分钟就能讲完,可一生的苦难岂是短时能描述的?

大家决定竭尽全力拯救船长的性命。船长稍稍抬起身子,他的声音更加微弱,但却始终是那么清楚:"我要死在这里……这是我的愿望。我对你们有一个请求。"

船长对大家说道:"明天我就要死了。我希望能把我埋葬在'诺第留斯'号里,这就是我的坟墓,我的同伴都长眠在大海的深处,我也要和他们在一起。"

"明天,等我死了以后,史密斯先生,您和您的伙伴们就离开'诺第留斯'号。让全船的财宝做我的陪葬。现在你们已经知道达卡王子的秘密了。我只留给你们一件纪念品。那边有一个保险箱,里面装着价值极高的金刚钻。其中大部分都是我做丈夫、做父亲的时候留下的纪念品,那时候我认为还有可能玩赏呢。此外,里面还有我和我的朋友们在海底搜集到的许多珍珠,将来你们可以好好地利用这些财宝。<u>史密斯先生,像您和您的伙伴这样的人,绝不会因为手里有了钱就去干坏事的</u>。我'升天'以后还要参加你们的事业,

> 船长的信任基于对他们详细的观察和了解。

我相信你们的事业一定会有很大发展的。"

停了片刻，他接着说道：

"史密斯先生，我想和您……单独说几句话！"

史密斯只和尼摩船长谈了几分钟，就又把伙伴们唤了进来。但是他没有把垂死的人吐露给他的私事告诉大家。

午夜刚过，尼摩船长竭尽全力把两臂交叉在胸前，好像他打算在死后一直要保持这个姿势似的。

> 一个到死还在思念故国的伟大英雄。

一点钟的时候，他的目光只有一点儿生气。一向炯炯有神的眼珠里露出了垂死的光芒。他喃喃地说着"上帝，祖国！"然后安详地死去了。

为了纪念船长，他们把这个洞命名为达卡洞。

情境赏析

整个故事中最大的谜团——神秘力量之谜——终于逐步解开，让全体成员心中充满对尼摩船长的敬佩和感激。尼摩船长何尝不像他们那样时时刻刻心怀祖国呢？同样为了正义和真理，移民们还对祖国充满希望，但尼摩只能怀着深深的恨意和遗憾走完他伟大而又充满苦难的一生。

名家点评

儒勒·凡尔纳是我一生事业的总指导。

——（美）西蒙·莱克

第十六章 火山爆发返回故乡

移民们被困在最后一道防线里,会有人来救他们吗?这个人又是谁呢?

1. 869年1月1日,一场特大的暴雨降临。雷电不停地袭击着海岛,一些大树被击倒了。

这种天气状况与地心正在酝酿着的火山喷发有关系吗?空气与海岛内部的骚动之间是否存在着某种联系呢?赛勒斯·史密斯认为是有关系的,随着暴风雨的来临,火山再次爆发的征兆越发明显。

1月3日,赫伯特一大早给一头野驴装鞍。这时,他望见一股巨大的烟雾从火山顶上冒出来。

赫伯特立刻通知移民们,大伙儿马上出来观察富兰克林峰的顶峰。

赛勒斯·史密斯认真观察着富兰克林峰喷出来的那股浓烟,他甚至用耳朵倾听着,然后说:

"朋友们,火山内的物质不仅仅是处于沸腾状态,而是着火了。非常肯定,我们正受到火山爆发的威胁!"

"既然火山爆发没什么好处,最好还是别爆发。"记者说。

"谁知道?"水手答道,"说不定火山中有什么有用而且珍贵的物质喷出来，我们可以大大加以利用呢！"

"我好像……"艾尔通趴在地上，把耳朵贴在地上说，"好像听到一阵阵沉闷的'轰轰'声，就像一辆拉着钢筋的大车发出的声音。"

移民们极其认真地倾听着，艾尔通没听错，那"轰轰"声有时还夹着地下的"嗡嗡"声。

所有的移民在潘克洛夫的催促下，都回到了造船工场安装内龙骨。

内龙骨是一层箍在船身上的厚甲板，它牢牢地把船肋骨连接起来。

1月3日一整天，大伙儿都在埋头苦干，没有考虑火山的事。偶尔会有大片的阴影遮住太阳光，在蓝色的天空中画下一道白色的弧线，有一层厚厚的烟云在太阳和林肯岛之间穿过。

晚饭后，赛勒斯·史密斯、吉丁·史佩莱和赫伯特又登上眺望岗，这时天已全黑了。在黑夜中可以辨清火山口堆积的蒸汽和烟雾中，是否掺杂有火山喷出来的火焰或白炽物质。

"火山口有火！"赫伯特喊道，他比同伴们更敏捷，第一个跑上了眺望岗。

"变化太快了！"工程师说。

"这并不奇怪，"记者答道，"火山复活已经有相当长一段时间了。赛勒斯，您还记得吧，第一阵蒸汽出现时我们到山的支脉搜索尼摩船长的住处。如果我没记错的话，那是10月15日前后。"

"没错！"赫伯特答道，"已经过去两个半月了！"

"由此推算，地下火已燃烧了足足十个星期，"吉丁·史佩莱答道，"现在发展到这么猛烈的程度也就不足为怪了！"

第十六章 | 火山爆发返回故乡

赛勒斯·史密斯、记者和少年在眺望岗观察了一小时后，走下海滩，返回了"花岗石皇宫"。工程师心事重重。吉丁·史佩莱问道："火山爆发会很快带来什么直接或间接的危险呢？"

"可以说有，也可以说没有。"赛勒斯·史密斯答道。

"可是，"记者接着说，"可能发生的最大不幸，不就是把海岛弄个天翻地覆的地震吗？但是，我认为这一点倒不必担心，蒸汽和岩浆已经找到了一条可喷发到外面的畅通通道。"

"所以，"赛勒斯·史密斯答道，"我并不担心通常由于地下气体膨胀而引起地面崩裂而造成的地震，但其他的原因可能导致严重的灾难。"

"什么灾难，亲爱的赛勒斯？"

"目前还不太清楚……但我得去看看……我得巡一巡山……再过几天，我就会确定的。"

三天过去了，大伙儿一直在造船，工程师没有解释什么，只是埋头工作。此时，富兰克林峰罩上了一层面目狰狞的阴云。除了火陷外，火山口还喷出了白炽的岩浆，有的岩石喷出来后又掉回火山口里。并没把这一现象当回事儿的潘克洛夫说道："不管造船工作多么紧迫，我们还是得到岛上各地忙碌其他的事。首先得到关着岩羊和山羊的牲畜栏去，更换那些动物的饲料。"于是，就让艾尔通明天——1月7日到那边去。大家已经习惯了艾尔通一个人干那些活儿，当听到工程师对艾尔通说："既然您明天去牲畜栏，我陪您去走一趟吧。"大伙儿都不由得有些吃惊。"唉！赛勒斯先生！"水手嚷道，"我们能干活儿的日子是屈指可数的，你们走了，那我们就少了四只手了！"

"我们第二天就会回来的，"赛勒斯·史密斯答道，"我得去一趟牲畜栏……我想弄清火山爆发的情况。"

"爆发！爆发！"水手不太满意地回答道，"火山爆发虽是件重要的事，我可从不担心这个！"不管水手有什么意见，工程师打算次日到牲畜栏勘察的计划是不会变的。赫伯特也很想陪赛勒斯·史密斯去，但他不想惹潘克洛夫不高兴，只好作罢。

第二天天一亮，史密斯和艾尔通就跳上了两匹野驴拉的大车，飞快地奔向牲畜栏去了。大片的烟雾从森林上飘过，富兰克林山的火山口不断往烟里添加烟垢。

艾尔通快到牲畜栏的时候，天空忽然下了一阵像细火药面似的"黑雪"，地面上立刻变了样。树木、草场上面盖着一层几寸厚的烟灰都不见了，因为幸亏这时候刮着东北风，浓烟大部分都被驱到海上去了。

史密斯决定再上红河发源地观察一下北坡的情况，他把富兰克林山的整个北山坡全看过后，肯定岩浆还没出来。因为他看到火山口里只冲出许多火柱和烟柱，一阵岩烬像雹子似的降落在地上。但是岩浆并没有涌出火山口，这说明火山物质还没有上涨到中央管口的最上方。

接着，他们又到达卡洞去考察，往里走一会儿，史密斯就清晰地听到火山内部传来的隆隆声了。

"那是从火山里传来的。"史密斯说。

除了隆隆声之外，他们很快又闻到一种强烈的气味，这种带有硫黄味的水蒸气几乎使工程师和他的伙伴透不过气来，一闻到这种味道就知道这里在起着化学变化。

"尼摩船长顾虑的就是这个，"史密斯喃喃地说，他的脸色变了，

"不过，我们还是要到洞底去。"

史密斯察看了石壁的下部，又把灯绑在桨上，察看高处的玄武岩石壁。就在这里，石壁上许多不容易看清的缝隙，一种刺鼻的水蒸气从那里钻出来，散布在洞窟的空气里。石壁上还有几处很大的裂缝，有的一直往下裂到离水面只有二三英尺的地方。

史密斯沉吟了一会儿，低声说："是的！船长说得对！危险就在这里，这个危险太可怕了！"

第二天——1月8日——他们回到"花岗石皇宫"里来。史密斯立刻召集了全体伙伴，告诉大家，林肯岛的危险就在眼前了，谁也没有办法拯救他们脱离这个险境。

"伙伴们，"赛勒斯·史密斯说，"我要把尼摩船长与我单独交谈的事传达给你们。"

"尼摩船长？"移民们不解地喊道。

"朋友们，"工程师说，"林肯岛的情况与太平洋上的其他岛屿不同。尼摩船长告诉我，由于它的特殊结构，它迟早会崩裂沉入海底。"

"尼摩船长早已察觉此事，我在昨天察看达卡洞时也看到了。"工程师接着说，"那个洞窟在海岛底下一直延伸到火山边缘，它与火山的中央通道仅是一壁之隔，那道岩壁是洞窟的尽头。然而，岩壁上布满了裂缝和罅隙，火山内部蒸腾的硫黄气体已经从那里渗出来了。在内部压力下，这些裂缝会不断扩大。玄武岩壁会慢慢裂开，因而，或迟或早，洞窟里的海水就会涌进裂缝里。"

"那不正好嘛！"潘克洛夫插嘴说道，"那样海水就会把火山扑灭，然后就什么事也没有了！"

"什么也没有了？"赛勒斯·史密斯焦急地说，"哪一天海水涌进岩壁，通过中间通道渗进火山物质正在沸腾的海岛深处，潘克洛夫，那一天，林肯岛就会像西西里岛一样爆炸，要是地中海的海水涌进埃特纳火山的话！"

移民们这才明白，他们正面临着多么大的危险。大伙儿讨论了他们目前还有几成生还的机会。最终大伙儿认为不能再浪费时间了，船只的制造和安装工作必须争分夺秒地进行。

临近 1 月 23 日，船壳板已经安装了一半。至此，那火山顶上还没有发生任何新情况。火山总是喷出蒸汽、夹杂着火焰和白炽的石块的烟雾。但是，23 日晚到 24 日，在上升到火山最顶端的岩浆的作用下，原来的火山锥被削平了。一声可怕的巨响传来，把正在忙于造船的移民们吓了一跳。移民们一开始以为是海岛崩裂了，纷纷跑出"花岗石皇宫"。

在他们面前呈现出了一幅可怕的景象。天空仿佛着了火似的，一个重亿万斤的山头被抛到了海岛上，地面震撼着。幸好这个锥顶是向北边倾斜。落在了火山和大海之间的沙滩和凝灰岩平地上。此时开口扩大的火山向空中发射出炫目的光芒，大气也仿佛白热化了。

"牲畜栏！牲畜栏！"艾尔通仿佛突然醒悟了一样大声喊道。

由于新火山口的方向变化了，岩浆正朝牲畜栏疾速地流去，海岛上富饶的地区，红河源头、中南部森林也正面临着顷刻间毁灭的危险。

一听到艾尔通的喊声，移民们飞奔向野驴的厩房。车套好了，大伙儿只有一个念头：直奔牲畜栏，把关着的牲口放出来！凌晨三点前，他们到达了牲畜栏。一阵阵可怕的嘶叫声传来，说明岩羊和山羊群万分恐惧。一股白炽的矿物湍流已经从山脉流到草场上，正吞噬着栅栏这一边的一切,艾尔通"呼"的一声打开门,受惊的牲口立刻向四面八方逃窜。

一个小时后,沸腾的岩浆淹没了牲畜栏,把横贯牲畜栏的溪流变成了一股蒸汽,把屋子像茅草一样烧掉了,吞没了栅栏的最后一根木桩。

1月24日,天亮了,在返回"花岗石皇宫"之前,赛勒斯·史密斯和同伴们想观察一下这场岩浆灾害下一步的确切流向。地表的总走向是从富兰克林峰向东海岸逐渐倾斜,但还得担心,岩浆湍流会扩展到眺望岗,尽管有中南部森林里浓密的树木做屏障。

"格兰特湖会保护我们的。"吉丁·史佩莱说。

"但愿如此!"赛勒斯·史密斯答道。

临近早上7点,移民们原先藏身的中南部森林边沿再也不能待下去了。火山抛射出来的石块像雨点似的落在他们周围,溢上红河河岸的岩浆也快要切断牲畜栏路。

移民们又走上牲畜栏路。他们慢慢地走着,可以说是倒退地往回走。但是,由于地势倾斜,岩浆流很快就到达东部,下层的岩浆刚一凝固,另外沸腾着的一层立即就覆盖过来。

红河河谷的主洪流变得越来越危险,整个森林地带都被包围,大片的烟云在树林上空翻滚着,树根在岩浆中已经烧得"噼噼啪啪"响。

移民们在距红河入海口半英里的湖边停了下来。一个生死存亡的问题得由他们决定了。

赛勒斯·史密斯说:

"要么湖水会阻止这股洪流,使海岛的一部分地区在一次彻底的毁灭中保存下来。要么这股洪流会侵入森林,到时地上将一草一木也不剩。在这光秃秃的岩石上我们只有等死,这与海岛爆炸让我们死没什么两样!"

"这么说,造船是白费劲儿了,是吗?"潘克洛夫嚷道。

"潘克洛夫,"赛勒斯·史密斯答道,"我们必须把义务尽到底!"

岩浆河横扫过那片美丽的树林后,来到了湖的边缘。

"动手吧!"赛勒斯·史密斯喊道。

大伙儿立即响应工程师的提议。这股湍流,必须筑坝拦住它,迫使它流入湖中。

移民们跑回造船工场里,从那里找来铲子、十字镐和斧子。然后用泥土和砍倒的树木,在几小时内,终于筑起了一道高3英尺、长几百步的堤坝。

那些液体物质几乎立刻就到了堤坝下部,那岩浆河像一条涨潮的河流般往上涌,试图漫过河堤,威慑着这道唯一能阻止它侵入森林的障碍……但那道堤坝终于顶住了,岩浆泻入了落差20英尺的格兰特湖中。

3月份的第一个星期,情况又变得险恶了。上万条玻璃丝似的岩浆,雨点般地落在荒岛上。火山口的岩浆又沸腾起来,流遍山脊一带。洪流沿着凝固的凝灰岩表面流去,把第一次火山爆发以后残存下来的几棵干枯的树干都摧毁了。这一次洪流向格兰特湖的西南岸流去,一直沿着格兰特湖西南岸,侵入眺望岗的高地。它给移民们的事业的最后一次打击是相当可怕的。磨坊、内院的建筑物和厩房都毁坏了。受惊的家禽向四面八方逃去。

托普和杰普露出十分害怕的样子,直觉已经告诉它们,大祸就要临头了。在第一次火山爆发的时候，荒岛上已经死了许多野兽。剩下来一些没有死的找不到别的地方安身，全躲在海滩边的沼地上，只有少数的野兽逃到眺望岗的高地上来，把这里当它们的收容所。

但是，现在连最后的收容所也不允许它们避难了。岩浆的洪流顺着花岗石壁的边缘，往海滩倾泻下来，形成一道火光闪闪的瀑布。这一惊心动魄的场面是没法形容的。在夜里，只能把它比作岩浆的尼亚加拉大瀑布，它的上面是白热的水蒸气，下面是沸腾的物质。

大家被驱逐到最后的堡垒里去了。虽然新船的上部缝隙还没有填好，他们还是决定让它立刻下水。

他们决定在第二天——3月9日——早上就让新船下水。潘克洛夫和艾尔通做好了必要的准备。但是，在3月8日的夜晚，一股水蒸气从火山口里喷出来，一直升到三千英尺以上的高空，就像一根极大的柱子似的，同时还发出惊天动地的爆炸声。达卡洞的石壁受到气体的压力而崩裂了，海水穿过中央管道灌进火坑，立刻蒸发成水汽，但是火山口不能够把全部蒸汽排出来，于是发生了一次激荡空气的大爆炸。这次爆炸的声音，就是在一百英里以外也能听见。山岩的碎片飞进太平洋，几分钟以后，海水就漫过林肯岛原先所在的地方了。

只剩一块孤立的岩石，30英尺长，20英尺宽，高出水面几乎还不到10英尺——这是唯一没被太平洋海水淹没的土地。

"花岗石皇宫"的废墟全在这里了！高大的石壁崩塌下来，砸成碎块，几块较大的岩石堆砌起来，形成这块陆地。被炸成两半的富兰克林山的较低火山锥、鲨鱼湾的熔岩峡口、眺望岗的高地、安全岛、气球港的花岗石块、达卡洞的玄武岩，甚至连远离爆炸中心的又狭又长的盘蛇半岛也包括在内，所有周围的一切都消失在海洋深处了。林肯岛只剩下这条长方形的岩石，它现在成了六个移民加上托普的避难所。

牲畜都在这场灾难里死去了。鸟类和岛上的几种典型动物有的被压死，有的被淹死。不幸的杰普也被活活压死在地底下了！史密斯、史佩莱、赫伯特、潘克洛夫、纳布和艾尔通这几个人并没有死，原来当时他们聚集在帐篷底下，在荒岛被炸得粉碎，然后像雨点般向四面八方落下来的时候，他们被抛到海里去了。当他们浮到水面上来的时候，只看见半里以外有这么一堆石头，于是他们就游过来，在上面站住了脚。

他们在这堆光石头上已经活了九天了。不幸的居民们只剩下在遭难以前从"花岗石皇宫"的仓库里带出来的一些粮食，再有就是岩石低洼处的一些雨水。他们最后的希望——新船——也被砸得粉碎。他们没法离开这堆礁石：既没有火，也没有取火的方法。

到3月18日，只剩两天的余粮了。在这种情况下，他们全部的科学知识和智慧都没有用处了，只有上帝在掌握着他们的命运。

在这以后的五天里，史密斯和他的伙伴们非常节约地使用他们的粮食，移民们吃的只能使他们不至于饿死。他们的身体都十分软弱。赫伯特和纳布已经显出精神错乱的症状来了。

在这种情况下，他们还能保持一线希望吗？不能！他们还有什么机会呢？盼望有船进到礁石的视线范围里来吗？根据已往的经验，他们心里很清楚，船只是从来不到太平洋的这一部分来的。要是恰好在这时候，苏格兰游船到达报岛去找艾尔通，那可真是天意。他们能指望这一点吗？这简直是不可能的。再说，居民们并没把说明艾尔通换了地址的通知送到达报岛。因此，即使邓肯号真的到过那里，船长搜遍全岛也找不到人，那时候他们准会回到纬度较低的地区去的。

不！不可能有得救的希望了。他们只能在这堆岩石上等待可怕的死亡，等待着饥渴来结束他们的生命。

他们躺在礁石上，只剩一口气了。周围发生什么事，他们也不知道。只有艾尔通有时候还用尽全身的力量抬起头来，绝望地看看寂寞无人的海洋。

3月24日清晨，艾尔通突然向水平线上的一个黑点伸出手来。他撑起身子，先跪在地上，然后站起来，好像在用手发信号。

礁石附近来了一只船。它显然不是漫无目标的。在蒸汽的推动下，它开足马力，直对着礁石驶来。其实，要是移民们有足够的精力观察水平线的话，几个钟头以前他们就可以看见它了。

"邓肯号！"艾尔通喃喃地说了一声，随后他就不省人事地倒在石头上了。

赛勒斯·史密斯和他的伙伴们被细心照料后，苏醒过来了。他们醒来以后，发现自己在一只游船的船舱里，也不知道是怎么死里逃生的。艾尔通的一句话把一切都说明了。

"'邓肯'号！"他喃喃地说。

"'邓肯'号！"赛勒斯·史密斯喊了起来。他举起手来说，"啊！全能的上帝！您发了慈悲，把我们保全下来了！"

不错，这正是"邓肯"号，格里那凡爵士的游船。艾尔通在达报岛赎罪已经满十二年了，现在格兰特船长的儿子罗伯尔指挥着"邓肯"号，奉命来接他回国。

居民们不仅被救活了，而且正在回国的途中。

"格兰特船长，"赛勒斯·史密斯问道，"你在达报岛上没有找到艾尔通，离开那里以后，怎么会想起要到东北一百英里以外的地方来呢？"

"史密斯先生，"罗伯尔·格兰特回答说，"这不仅是为了来找艾尔通，而且还是为了找你和你的伙伴。"

"我和我的伙伴？"

"毫无疑问，你们是在林肯岛的。"

"在林肯岛？"吉丁·史佩莱、赫伯特、纳布和潘克洛夫十分诧异地一齐叫了起来。

"你怎么会知道有个林肯岛呢？"赛勒斯·史密斯问道，"连航海地图上都没有它的位置。"

"我是看了你们留在达报岛的那封信才知道的。"罗伯尔·格兰特说。

"一封信？"吉丁·史佩莱大声问道。

"一点儿也不错，信就在这儿，"罗伯尔·格兰特说，一面拿出一张标明林肯岛经纬度的纸条来，"这上面写着艾尔通和五个美国移民的所在地。"

赛勒斯·史密斯看了以后，发现笔迹和牲畜栏里那张纸条上的一样，于是叫道："是尼摩船长写的！"

"啊！"潘克洛夫说，"原来是他驾着我们的乘风破浪号，一个人冒险到达报岛去的！"

"就为了送这封信。"赫伯特补充道。

"怎么样，我没有说错，"潘克洛夫大声说，"船长死了以后，还给我们尽了最后一次义务。"

"朋友们！"史密斯非常激动地说，"但愿仁慈的上帝怜悯我们的

第十六章 | 火山爆发返回故乡

恩人尼摩船长的灵魂！"

史密斯说到这儿，大家都摘下帽子来，喃喃地念着尼摩船长的名字。

艾尔通走到工程师身边，简单地说："这只保险箱放到哪儿去呢？"

在荒岛下沉的时候，艾尔通冒着生命危险把这只保险箱保全下来了。现在他忠实地把它交给了史密斯。

"艾尔通！艾尔通！"史密斯非常激动，他对罗伯尔·格兰特说，"先生，你们抛弃的是一个罪犯，但是他经过忏悔，现在已经成了一个诚实的人。当我和他握手的时候，我感到骄傲。"

这时候，罗伯尔·格兰特才知道尼摩船长的奇异历史和林肯岛上的移民们的情况。船上的人观测了这片剩下来的浅滩。从今以后，就要把它标记在太平洋的地图上了。观测完毕，船长立刻下令起航。

半个月以后，移民们回到了美国大陆，他们发现，经过一场残酷的斗争，真理和正义获得了胜利，祖国又恢复了和平。

林肯岛的移民们利用了尼摩船长留下的一箱财宝，把其中的大部分用来在衣阿华州购买了大片的土地。在这些财宝里他们留下一颗最好的珍珠，以被邓肯号救回祖国的遇难者的名义送给了格里那凡夫人。

移民们在这块土地上辛勤地耕耘着，创造着他们曾经打算在林肯岛上创造的一切。他们建立了一块广阔的聚居地，并且用沉没在太平洋里的荒岛的名字来给它命名。这里的一条河就叫作慈悲河，一座山就叫作富兰克林山，一个小湖就叫作格兰特湖，森林就成了远西森林。这里成了一个陆上的海岛。

在史密斯和伙伴们的努力下，一切都欣欣向荣起来。过去林肯岛的老居民一个也不缺，他们发誓要永远生活在一起。纳布和他的主人在一起，艾尔通随时准备为集体效劳，潘克洛夫当庄稼汉比过去当水手更加干得起劲，赫伯特在史密斯的教养下，完成了他的学业，史佩莱创办了《林肯岛先驱新报》，它成了世界上消息最灵通的报纸之一。

史密斯他们那里，每隔一段时间就有客人来访问，其中有格里那凡爵士和他的夫人，约翰·孟格尔船长和他的夫人玛丽·格兰特，罗伯尔·格兰特和麦克那布斯少校，以及一切和格兰特船长、尼摩船长有关的人。

总地来说，大家都很幸福，他们和过去一样紧密地团结在一起。他们也没有忘记那个岛，他们一开始一无所有地落在那里，生活了四年后，什么也不缺，现在那里只是一堆被太平洋波涛冲击着的花岗石，是尼摩船长的坟墓。